Klarant Verlag

Die gebürtige Ostfriesin, ***Sina Jorritsma***, aus der Krummhörn studierte in Hamburg Germanistik und Philosophie, bevor sie wieder in ihre Heimat zurückkehrte. Sie veröffentlicht unter Pseudonym, weil sie ihre Umgebung genau beobachtet und Ereignisse aus ihrem Leben in ihre Geschichten einfließen. Das Romaneschreiben ist ihr kleines Geheimnis, das nur wenige Menschen kennen. Bei einer großen Kanne Ostfriesentee mit Sahne und Kluntjes kann sie halbe Nächte durchschreiben, tagsüber hält sie sich mit Joggen fit. Sina Jorritsma lebt mit ihrer Familie in einem kleinen Ort bei Emden.

Sina Jorritsma

Friesenbraut

Ostfrieslandkrimi

Klarant Verlag

Klarant Verlag, www.klarant.de – www.ostfrieslandkrimi.de
ISBN: 978-3-95573-557-9
1. Auflage 2017
Umschlagabbildung: Klarant Verlag

Printed in the EU.

Kapitel 1

Kommissarin Mona Sander witterte Ärger, als die beiden Männer das Wachlokal der Polizeistation Borkum betraten.

Dabei sah das Gespann auf den ersten Blick höchst harmlos aus. Sie waren feierlich gekleidet, als ob sie zu einer Familienfeier in noblen Kreisen erscheinen wollten. Ihre dunklen Anzüge waren offenbar maßgeschneidert, für so etwas hatte die junge Kriminalistin einen Blick. Außerdem stand für Mona fest, dass es sich um Vater und Sohn handelte. Die Ähnlichkeit der Gesichtszüge war deutlich zu erkennen. Der Ältere machte einen gefährlichen oder zumindest Respekt einflößenden Eindruck.

Mona straffte sich und versuchte, einen neutral-freundlichen Eindruck zu vermitteln. Aber sie behielt innerlich die Deckung oben.

„Moin. Womit können wir Ihnen behilflich sein?"

Momentan war Mona allein in der kleinen Inselwache. Die uniformierten Kollegen befanden sich auf Streife oder sicherten das Drachenfest am Strand. Ihr Kollege und Dienstpartner Enno Moll holte gerade Brötchen für das Frühstück. Er konnte jede Minute zurückkehren.

„Sie müssen sofort meine zukünftige Schwiegertochter finden!"

Der ältere Mann hatte das Wort ergriffen, was Mona nicht wirklich wunderte. Sein Sohnemann machte auf sie nicht den Eindruck, als ob er in Gegenwart seines Vaters viel zu sagen hätte. Andererseits war es auch möglich, dass er unter Schock stand. Der Jüngere war kalkweiß im Gesicht, während der Teint des anderen Mannes eine leichte Zornesrötung aufwies. Und diese verstärkte sich noch, als Mona antwortete.

„Am besten schildern Sie mir zunächst den Sachverhalt. Und es wäre auch hilfreich, wenn ich wüsste, mit wem ich es zu tun habe.“

Die Augen des Älteren quollen ihm beinahe aus dem Kopf. Er schien es als Beleidigung aufzufassen, dass Mona nicht wusste, wer er war.

„Mein Name ist Arnold Degner, *der* Arnold Degner. Mein Sohn Thomas wollte heute um 12 Uhr seine Braut Nadja Brenner heiraten. Aber sie ist spurlos aus ihrem Hotel verschwunden. Nun unternehmen Sie endlich etwas, anstatt hier herumzusitzen wie ein Ölgötze.“

„Wenn schon, dann wie eine Ölgötzin“, gab Mona frech zurück. Sie konnte es nicht ausstehen, wie eine Dienstbotin herumkommandiert zu werden. „Was sollen wir denn Ihrer Ansicht nach tun?“

Daraufhin schlug Arnold Degner - *der* Arnold Degner - mit der Faust auf den hölzernen Empfangstresen.

„Sie sollen Nadja suchen, verdammt nochmal! Ist das so schwer zu verstehen? Dafür ist die Polizei doch zuständig, oder etwa nicht? Sind Sie überhaupt bei der Polizei, Sie unverschämte Person?“

Mona blickte unwillkürlich an sich herunter. Sie trug an diesem strahlend schönen ostfriesischen Septembermorgen einen Rollkragenpullover und Jeans, dazu feste Boots. Genau die richtige Kleidung für eine Kriminalistin auf einer Nordseeinsel, wie sie selbst fand. Jedenfalls hatte sie nicht vor, sich von diesem reichen Lackaffen abkanzeln zu lassen. Mona spürte bereits, wie die Wut in ihr hochkochte. Ihr berüchtigtes Temperament drohte wieder mit ihr durchzugehen.

„Natürlich bin ich bei der Polizei. Glauben Sie, bei uns nimmt die Putzfrau die Vermisstenanzeigen auf? Mein Name ist übrigens Mona Sander. Ich bin Kriminalkommissarin. Und momentan sehe ich keinen

Grund für ein Eingreifen unsererseits. Oder gibt es Hinweise auf ein Verbrechen?“

„Das nicht, aber ...“

Mona bekam Oberwasser. Sie fiel dem alten Degner ins Wort.

„Die Polizei kann bei erwachsenen Personen nur dann eine Suche starten, wenn ein Unfall, ein mögliches Verbrechen oder eine Selbsttötungsabsicht vorliegt. Haben Sie mal überlegt, dass irgendwelche Witzbolde aus Ihrem Bekanntenkreis die Braut entführt haben könnten? Das ist doch ein beliebter Hochzeitsbrauch.“

„Mit solchen Leuten verkehren wir nicht“, sagte Arnold Degner arrogant. „Aber Sie haben das Wort Entführung gerade selbst in den Mund genommen, Frau Kommissarin. Ganz so unfähig scheinen Sie dann ja doch nicht zu sein.“

Degners herablassende Art brachte Mona auf die Palme.

„Eine Brautentführung ist nicht direkt ein Straftatbestand, sondern könnte höchstens als grober Unfug angesehen werden. Soweit ich weiß, taucht die Braut in solchen Fällen sehr schnell wieder auf, wenn auch nicht ganz nüchtern. Der Sinn dieses Brauchs besteht ja darin, dass sich die Braut gemeinsam mit den Trauzeugen und ein paar Freunden in einer nahegelegenen Kneipe die Kante gibt, woraufhin der Bräutigam die Zeche zahlen muss. Allerdings finden solche Brautentführungen eigentlich erst nach der Trauung statt.“

„Wirklich sehr amüsant, Frau Sander“, knurrte Arnold Degner. „Solche Albernheiten mögen ja bei Ihresgleichen üblich sein, obwohl ich keinen Trauring an Ihrem Finger sehe. Wie auch immer, wenn Sie nicht sofort eine Großfahndung nach meiner Schwiegertochter in spe veranlassen, wird Sie das Ihre Karriere kosten.“

Noch schaffte es Mona halbwegs, sich zusammenzureißen. Sie beschloss, den Alten vorerst mit Nichtachtung zu strafen. Stattdessen wandte sie sich dem Bräutigam zu.

„Sie haben noch kein Wort gesagt, seit Sie hereingekommen sind. Wie erklären Sie sich denn das Verschwinden Ihrer Braut?“

Der jüngere Mann warf Mona einen verzweifelten Blick zu. Er schien wirklich zu leiden, während sein Vater nur auftrumpfen wollte. Mona hatte während ihrer bisherigen Polizeilaufbahn schon oft genug Menschen gesehen, die mit den Nerven am Ende waren. Der Bräutigam gehörte zweifellos zu ihnen.

„Bitte finden Sie Nadja“, sagte er mit brüchiger Stimme. „Die Trauzeugen ... haben sie nicht entführt. Sie sind genauso perplex wie wir.“

Der Bräutigam legte einige Fotos einer sehr schönen jungen Frau mit langen dunklen Haaren auf den Tresen. Mona nahm sie an sich, weil ihr der jüngere Mann leidtat. Dessen Vater führte sich immer noch auf wie die sprichwörtliche Axt im Wald.

„Da hören Sie es!“, trompetete Arnold Degner. „Was muss denn noch geschehen, damit Sie endlich ...“

Er unterbrach sich selbst, denn in diesem Moment betrat ein weiterer Mann die Polizeistation. Mona war erleichtert, ihren Kollegen Enno Moll zu sehen. Zwar traute sie sich zu, mit dem Vater-Sohn-Gespann allein fertigzuwerden. Allerdings sah sie ihre eigene Fähigkeit zur Selbstbeherrschung äußerst kritisch, und Arnold Degner hatte sie schon fast bis zur Weißglut gereizt. Da konnte es nicht schaden, Rückendeckung zu haben.

„Moin!“, sagte Enno Moll mit seinem tiefen Bierbass. Er fuhr sich mit der linken Hand über seinen grauen Bürstenschnitt, während er mit der rechten unauffällig die Brötchentüte hinter seinem Rücken versteckte.

„Endlich.“ Degner senior wandte sich an Monas Partner: „Sie sehen wie ein richtiger Polizist aus, nicht so wie diese unmögliche Person dort.“

Mona fragte sich, wie nach Meinung dieses aufgeblasenen Wichtigtuers ein richtiger Polizist auszusehen hatte. Gewiss, Enno Moll war fast zwei Meter groß, dick und bärenstark. Kein Krawallbruder, der noch halbwegs bei Verstand war, legte sich gern mit ihm an. Andererseits war Enno schon Mitte fünfzig und stand kurz vor der Pensionierung. Er verfügte über die Erfahrung, die Mona noch fehlte. Wenn sie mit ihm unterwegs war, kam sie sich vor wie eine halbe Portion. Und das lag nicht nur daran, dass sie die vorgeschriebene Mindestgröße für niedersächsische Polizistinnen von 1,63 m gerade so eben erreichte. Allerdings war nicht Enno für ihre Minderwertigkeitsgefühle verantwortlich, die pflanzte sie sich nämlich selbst ein.

Arnold Degner brachte noch einmal sein Anliegen vor, wobei er giftige Blicke in Monas Richtung abschoss.

„Meine Kollegin hat alles richtig gemacht“, betonte Enno. „Trotzdem werden wir uns die Sache einmal näher ansehen, wenn wir hier abgelöst werden. Nicht wahr, Mona?“

Sie nickte. Was blieb ihr anderes übrig?

„Und wann wird das sein?“, wollte Nadjas Schwiegervater in spe ungeduldig wissen.

„In fünf Minuten. Sie können uns am besten helfen, indem Sie zur Hochzeitsgesellschaft zurückkehren und uns die Adresse des Hotels geben. Wollten Sie auf dem Schiff heiraten?“

Thomas Degner nickte stumm. Zu den Attraktionen der Insel gehörten Eheschließungen an Bord des Feuerschiffs *Borkumriff*, was von Touristen begeistert in Anspruch genommen und lange im Voraus gebucht werden musste. Sein Vater machte die gewünschten Angaben, dann wandte er sich zum Gehen. Aber vorher fuchtelte er noch drohend mit seinem Zeigefinger vor Monas Gesicht herum.

„Wenn meine zukünftige Schwiegertochter wegen Ihnen nicht rechtzeitig gerettet werden kann, sind Sie die längste Zeit Kommissarin gewesen! - Komm, Thomas."

„Wissen Sie, wo Sie sich Ihren Finger hinstecken können?", rief Mona Arnold Degner zornig hinterher. Gott sei Dank hörte er das nicht mehr.

Enno legte beruhigend seine riesige Pranke auf ihren Unterarm.

„Nimm es nicht so persönlich, Mona. Der Schraubenkönig ist jetzt sehr nervös, da darfst du nicht jedes Wort auf die Goldwaage legen."

Mona stutzte.

„Der Schraubenkönig?"

„Ja, so wird doch Arnold Degner genannt, oder? Er hat mit seiner Schraubenfabrik ein Vermögen gemacht. Ihm gehört ein großes Ferienhaus auf Borkum. Ich nehme an, dass sein Sohn deshalb auf der Insel heiratet."

„Und weshalb ist diese Nadja im Hotel untergebracht, wenn er so eine tolle Hütte hat?"

„Weil es Unglück bringt, wenn der Bräutigam die Braut vor der Hochzeit in ihrem Kleid sieht."

Mona schüttelte den Kopf.

„Stimmt, jetzt fällt es mir auch wieder ein. Ein bekloppter Brauch, genau wie diese Brautentführung. Kennst du diesen Schraubenkönig persönlich?"

„Nein, das nicht. Als er vor ein paar Jahren sein Haus auf Borkum gekauft hat, stand ein Artikel über ihn in der Ostfriesenzeitung. Da warst du noch nicht auf der Insel."

„Der Schraubenkönig hat jedenfalls eine Schraube locker", giftete Mona. „Oder glaubst du ernsthaft, dass dieser Nadja etwas passiert ist?"

„Das wird sich zeigen. Nun iss aber erst mal dein Brötchen, das beruhigt die Nerven."

Mona mampfte brav das Salamibrötchen, das Enno ihr mitgebracht hatte. Er selbst gab sich nicht mit einem einzelnen Backwerk zufrieden, was seinen gewaltigen Bauch erklärte. Doch genau wie seine junge Kollegin nahm er den Dienstsport sehr ernst. Während Mona sich mit Joggen und Krafttraining fit hielt, schwor Enno auf Ringen im griechisch-römischen Stil. Auf der Insel gab es für diese traditionelle Art des Zweikampfs allerdings nur einen Gegner, nämlich den Koch Dimitris aus Saloniki. Mit ihm trainierte Enno eisern jede Woche, wobei sie sich gegenseitig auf die Matte schickten und den jeweiligen Sieg später mit viel Bier und Ouzo begossen.

Als Mona und Enno von zwei uniformierten Kollegen abgelöst worden waren, verließen sie das Revier. Es war nicht nötig, mit dem Auto zu Nadjas Hotel zu fahren. Die Polizeistation Borkum befand sich in der Strandstraße, das Hotel *Alea Luxury* war nur einen Steinwurf weit von dort entfernt.

„Alea Luxury, was für ein alberner Name!“, schimpfte Mona, während sie am neuen Leuchtturm vorbeigingen. „Aber so eine Society-Tussi muss natürlich in einem Bonzenschuppen wohnen, der sind Hotels mit Namen wie Seestern oder Seeblick wahrscheinlich nicht stylish genug.“

„Die Braut hat bei dir schon verspielt, bevor du sie überhaupt gesehen hast“, meinte Enno schmunzelnd.

„Wundert dich das? Dieser Schraubenheini hat mich runtergemacht, sobald er die Wache betreten hat. Sein Sohn kuscht vor ihm, und wer als Frau in eine solche Familie einheiratet, der macht das bestimmt nicht aus Liebe, sondern aus Geldgier.“

„Dann hätte Thomas Degner also bei dir keine Chancen?“

Enno blinzelte mit seinen hellen Augen, während er diese Frage stellte. Mona schaute in sein wettergegerbtes Gesicht.

Ihr Partner war der Einzige, dem sie es nicht verübelte, wenn er sie auf den Arm nahm. Sie musste grinsen.

„Nee, lieber gehe ich in ein Nonnenkloster. - Ah, da vorne ist ja schon die Luxusherberge."

Mona und Enno waren am Heimatmuseum Borkum vorbeigegangen und in die Upholmstraße eingebogen. Das *Alea Luxury* fügte sich leidlich in die Backsteinarchitektur der Umgebung ein, wirkte allerdings mit seinen großen Glasflächen und viel indirekter Beleuchtung eleganter und gleichzeitig kälter als die Nachbargebäude. Aber das war vermutlich gewollt und wurde von den Gästen auch erwartet, jedenfalls nach Monas Meinung. Die Dame hinter dem Rezeptionstresen wirkte wie aus einem Modemagazin entstiegen. Sie sah so aus, als ob sie am liebsten die Nase gerümpft hätte. Mona in ihrem Anorak und Enno mit seiner abgewetzten Lederjacke entsprachen sicher nicht dem Idealbild von Gästen dieses Etablissements.

„Ich fürchte, wir sind ausgebucht", sagte die Rezeptionistin zur Begrüßung.

„Kein Problem, dann schlafen wir eben weiter unter einer Brücke", erwiderte Mona und präsentierte ihren Dienstausweis. „Es geht um eine angebliche Brautentführung, die hier heute stattgefunden haben soll."

Die Dame riss ihre Augen auf, als sie das amtliche Dokument sah.

„Polizei? Herr Degner war vorhin hier und reagierte ungehalten, als Frau Brenner nicht in ihrem Zimmer anzutreffen war."

„Frau Brenner?", hakte Mona nach.

„Nadja Brenner, sie ist Gast bei uns."

„Wann haben Sie Frau Brenner denn zum letzten Mal gesehen?", wollte Enno wissen.

„Sie war beim Frühstück, danach zog sie sich auf ihr Zimmer zurück, um mit Hilfe ihrer Brautjungfer das Kleid anzulegen."

„Und was ist mit der Brautjungfer? Ist sie auch durchgebrannt?"

Die Empfangsdame quittierte Monas Frage mit einem irritierten Blick.

„Davon weiß ich nichts, Frau Kommissarin. Ich glaube nicht, vielmehr ist die Brautjungfer zusammen mit Herrn Degner zum Hafen gefahren. Die Hochzeitszeremonie sollte an Bord des Feuerschiffs stattfinden."

„Wir möchten uns das Zimmer ansehen", sagte Mona.

„Ich weiß nicht, ob ich ..."

„Aber ich weiß, dass Behinderung von Polizeiarbeit kein Kavaliersdelikt ist. - Enno, sagt man auch bei Frauen Kavaliersdelikt? Müsste es nicht Lady-Delikt oder so heißen?"

Die Hoteldame verteidigte sich: „Auch Herr Degner verlangte von mir, dass ich das Zimmer aufschließen solle. Aber ich weigerte mich, denn die Privatsphäre unserer Gäste ist uns heilig."

„Aber wir sind ja in offizieller Mission hier", sagte Enno und setzte eine sehr amtlich wirkende Miene auf. Das gab schließlich den Ausschlag. Wieder einmal musste Mona feststellen, dass ihr Partner mit seiner besonnenen Art mehr erreichte als sie selbst mit ihren vorlauten Bemerkungen und unkontrollierten Wutausbrüchen. Aber Mona konnte leider nicht aus ihrer Haut.

Die Rezeptionsangestellte kam hinter ihrem Tresen hervor und führte die beiden Beamten zu einem Zimmer im Erdgeschoss. Dort öffnete sie mit einem Generalschlüssel die Tür.

Mona und Enno traten ein. Das Zimmer war großzügig geschnitten und wirkte eher wie eine Suite. Es gehörte auch eine Terrasse mit Gartenmöbeln dazu. Die Terrassentür war nur angelehnt.

„Man muss nicht Sherlock Holmes sein, um zu erkennen, dass Nadja durch die Terrassentür abgehauen ist“, meinte Mona. „Es deutet nichts auf einen Kampf hin.“

Sie schaute sich in dem Zimmer um. Das Bett war benutzt worden, im Schrank hingen zahlreiche topmodische Kleider. Die Schmink- und Hygieneutensilien im Bad waren ebenfalls noch vorhanden. Gleiches galt für die Handtasche. Mona überprüfte das Behältnis, fand Geldbörse und Personalausweis sowie weitere persönliche Gegenstände. Auf dem Nachttisch lag ein Smartphone. Ein Brautkleid war nicht zu sehen.

Mona wandte sich an die Hotelangestellte, die neugierig in Türnähe stehengeblieben war.

„Was trug Nadja Brenner heute Morgen beim Frühstück?“

„Einen knielangen schwarzen Rock und eine cremefarbene Bluse, glaube ich.“

Mona deutete auf zwei Kleidungsstücke, die über einer Sessellehne lagen.

„Da haben wir die Sachen. Falls nicht noch andere Klamotten fehlen, dann hat die Vermisste ohne Hilfe ihrer Brautjungfer das Hochzeitskleid angezogen und ist durch die Terrassentür getürmt.“

Mona wandte sich an die Angestellte, bevor sie weitersprach.

„Wie sieht das Kleid eigentlich aus?“

„Es handelt sich um ein traditionelles weißes Brautkleid, bodenlang und mit Rückenausschnitt.“

„Auch in einem solchen Kleid kann man türmen“, meinte Mona.

Enno nickte, trat nach draußen und blinzelte in die Sonne.

„Die Hecke ist nur kniehoch, die dürfte Nadja problemlos überwunden haben. Dort hinten befindet sich die

Aschenbahn des Turn- und Sportvereins. Das Gelände konnte sie überqueren, ohne bemerkt zu werden. Vormittags ist dort kaum jemand zu finden, obwohl wir den Platzwart fragen könnten."

„Ganz ehrlich, Enno? Weshalb sollten wir das tun? Wenn Nadja im letzten Moment kalte Füße kriegt und nicht zur zukünftigen Schraubenkönigin Deutschlands werden will, dann ist das kein Fall für die Polizei. Kampfspuren sind jedenfalls nicht zu entdecken. Aber es ist schon merkwürdig, dass die Braut ohne Smartphone und Handtasche verschwunden ist. Wahrscheinlich hat sie nur ein paar Euro dabei und betrinkt sich irgendwo."

Enno nickte wieder und wandte sich noch einmal an die Rezeptionsangestellte.

„Haben Sie in den letzten Tagen verdächtige Personen bemerkt? Hatten Sie den Eindruck, dass das Hotel von jemandem ausspioniert wird?"

„Das kann ich verneinen. Mir sind keine unbekannten Personen aufgefallen."

„Wohnen die Hochzeitsgäste bei Ihnen?"

„Wir beherbergen einige Gäste, die zur Hochzeit von Thomas Degner und Nadja Brenner angereist sind. Diese Herrschaften haben sich unmittelbar nach dem Frühstück zum Hafen begeben, um dort später die Braut in Empfang zu nehmen."

„Wenn das so ist, dann werden wir sie ja noch dort antreffen", sagte Mona, ließ sich aber sicherheitshalber die Daten geben. Trotzdem kam ihr ihre Arbeit in diesem Moment wie Zeitverschwendung vor. Gleich darauf verabschiedeten sie sich aus dem Hotel.

„Ich sehe auch keinen Grund für ein polizeiliches Eingreifen, Mona."

„Schön, dass wir einer Meinung sind. Aber der Schraubenkönig wird nicht begeistert sein."
„Da hast du Recht. Und deshalb überlässt du besser mir das Reden, wenn wir jetzt zum Hafen runterfahren."

Kapitel 2

Die Reedestraße ist eine lange und mehr oder weniger schnurgerade Piste, die vom Ort Borkum zum Hafen führt. Enno fuhr den zivilen Opel Vectra, den die Kriminalpolizei auf Borkum für Dienstfahrten benutzte. Mona saß neben ihm auf dem Beifahrersitz und genoss es, für den Moment nichts sagen zu müssen. Man konnte gut mit Enno schweigen, in dieser Hinsicht war er ein typischer Ostfriese. Aber auch sonst verstand sie sich gut mit ihm. Bei den meisten Leuten eckte Mona ziemlich leicht an, die Menschen kamen nicht mit ihrer schroffen und sprunghaften Art zurecht. Oft fragte sie sich selbst, ob der Polizeiberuf überhaupt das Richtige für sie war. In diesem Job brauchte man oft Nerven wie Drahtseile, und Monas psychische Belastbarkeit war eher als gering einzustufen.

Hatte sie es nur der Personalknappheit zu verdanken, dass sie überhaupt noch im Dienst war?

Zum Glück arbeiteten Enno und sie momentan nicht an einem echten Fall. Daher konnten sie diesen Ausflug zum Hafen machen, der in Monas Augen reine Zeitverschwendung war. Schon aus der Entfernung sahen sie eine der großen Personen- und Autofähren, mit denen erholungssuchende Urlauber aus Emden und Eemshaven auf die Insel kamen. Enno fuhr am Fährhafen vorbei und steuerte auf das leuchtend rote Feuerschiff zu, das am Kai vertäut lag. Mona konnte sich gut vorstellen, dass Brautpaare mit Sinn für Seefahrerromantik oder außergewöhnliche Orte eine Trauung in der Offiziersmesse ziemlich toll fanden.

Doch die vor der Gangway wartenden, festlich gekleideten Gäste wirkten nicht besonders heiter. Vermutlich hatte Degner senior die inzwischen verstrichene Zeit genutzt, um sich über die Borkumer Polizei zu beklagen. Als Mona und

Enno aus dem Wagen stiegen, schlug ihnen jedenfalls offene Ablehnung entgegen. Der Schwiegervater in spe machte sich selbst zum Sprecher der zwölfköpfigen Gruppe.

„Und?“, blaffte Arnold Degner. „Haben Sie jetzt endlich geruht, mit Ihren Ermittlungen anzufangen?“

Monas Reaktion bestand darin, dass sie sich selbst auf die Zunge biss. Sie hatte Enno schließlich versprochen, sich ausnahmsweise zu beherrschen. Aber vielleicht hatte sie ja Glück, und Degner würde sie körperlich angehen. Sie hätte absolut nichts dagegen gehabt, diesem Unsympathen Handschellen anzulegen.

„Moin erst mal“, sagte Enno und schenkte den aufgebrachten Hochzeitsgästen ein freundliches Lächeln. Der Oberkommissar war größer als alle anderen Anwesenden. Seine laute Stimme sorgte dafür, dass er trotz des Lärms der Autofähre nicht überhört werden konnte.

„Für uns sieht es so aus, als ob die Braut kalte Füße bekommen hat“, fuhr Enno fort. „Vielleicht muss sie sich ja noch irgendwo Mut antrinken. Auf dem Nachttisch liegt ein I-Phone. Hat sie noch ein zweites Handy?“

Thomas Degner schüttelte den Kopf. „Dann ist ja klar, dass ich sie nicht erreichen kann. Von einem zweiten Handy weiß ich nichts.“

Mona hielt immer noch ihre Klappe, was sie mit einem gewissen Stolz erfüllte.

Enno nickte und schaute in die Runde.

„Welche von den Damen ist denn die Brautjungfer?“

„Das bin ich.“

Eine junge Frau trat vor, wobei sie gleichzeitig ihren Arm hob, als ob sie sich in der Schule melden würde. Die Zeugin war so heftig geschminkt, als ob sie in den Farbkasten gefallen wäre. Sie trug ein sexy rosa Kleid, das ihre schlanke Figur betonte. Mona bezweifelte, dass man in ihrem Fall die Bezeichnung „Brautjungfer“ wörtlich nehmen durfte. Enno fragte die Blonde nach ihrem Namen. Sie stellte sich als Evelyn Korn vor.

„Nun erzählen Sie uns doch mal, was passiert ist, Frau Korn“, bat Enno freundlich. Die Worte sprudelten nur so aus der Brautjungfer hervor.

„Ich wollte Nadja beim Styling helfen, und das braucht seine Zeit. Deshalb sollte ich schon um 9 Uhr in ihr Zimmer kommen. Das ist für mich voll früh, aber ich hatte mir extra einen Wecker gestellt. Und ich war auch erst frühstücken, weil ich ohne Kaffee überhaupt nicht denken kann. Dann habe ich Punkt 9 Uhr an ihre Zimmertür geklopft. Nichts. Ich dachte, vielleicht hat sie verpennt. Im Frühstücksraum war sie ja auch nicht zu sehen gewesen. Also habe ich auf ihrem Handy angerufen. Aber das war abgeschaltet.“

„Und was haben Sie dann getan?“, wollte Enno wissen.

„Ich rief Herrn Degner an und sagte ihm, dass seine zukünftige Schwiegertochter nicht zu erreichen sei. Er kam sofort von seinem Ferienhaus herüber.“

„Und Sie haben nicht nachgesehen?“, vergewisserte sich Monas Partner. „Man kann doch ganz einfach in das Zimmer schauen, indem man das Hotel umrundet und durch die Terrassentür blickt. Dann hätten Sie auch bemerken müssen, dass diese Tür nicht geschlossen war.“

Der Schraubenkönig schüttelte heftig den Kopf.

„Es ist ein Verbrechen geschehen, das liegt doch auf der Hand. Nur die Polizei hat das immer noch nicht bemerkt.“

Nun platzte Mona der Kragen, und sie warf ihre guten Vorsätze über Bord. Sie wandte sich direkt an Evelyn Korn.

„Wissen Sie, was ich glaube? Sie haben sehr wohl nachgesehen. Schließlich hätten Sie als Brautjungfer wahrscheinlich auch Stress bekommen, wenn die Hochzeit platzen würde. Also liefen Sie in den Garten und sahen, dass Nadjas Zimmer leer war. Vielleicht sind Sie sogar hineingegangen und haben auch in das Bad gelinst. Sie wissen, dass Sie die Polizei besser nicht anlügen sollten, nicht wahr?“

Evelyn gab sofort klein bei, sie schien nicht besonders hartgesotten zu sein.

„Ja, das stimmt. Es war mir voll peinlich, dass Nadja einfach abgehauen ist. Und ich traute mich nicht, es Herrn Degner zu sagen.“

Der Schwiegervater in spe warf der Brautjungfer einen vernichtenden Blick zu, sagte aber ausnahmsweise nichts. Eine unauffällig wirkende Dame wich nicht von seiner Seite. Es handelte sich offenbar um seine Ehefrau.

Während Mona noch ihren kleinen Triumph auskostete, stellte Enno bereits die nächste Frage.

„Sind eigentlich auch die Eltern der Braut anwesend?“

„Nadja ist eine Vollwaise“, erklärte Thomas Degner mit tonloser Stimme.

„Und was ist mit den Trauzeugen?“, fragte Mona. „Haben Sie vielleicht eine Idee, wo die Braut abgeblieben sein könnte?“

Eine mollige junge Frau und ein hochgewachsener Dunkelhaariger traten vor. Sie hießen Ruth Wigger und Peter Seiler.

„Ich kenne Nadja nur flüchtig“, sagte Ruth Wigger. „Ich bin eine Cousine des Bräutigams. Thomas bat mich, als Trauzeugin zu fungieren.“

Mona nickte und wandte sich an Peter Seiler.

„Sind Sie ein Freund der Braut?“

„Eigentlich nicht. Ich würde mich als den besten Freund von Thomas Degner bezeichnen.“

Der Trauzeuge bekräftigte seine Worte, indem er seinen Arm um die Schultern des Bräutigams legte. Der sah wirklich so aus, als ob er Beistand dringend brauchen könnte.

Degner senior hatte sich inzwischen wieder gesammelt und startete eine neue Attacke.

„Ich bestehe darauf, dass die Polizei Nadjas Verschwinden untersucht! Falls Sie das nicht tun, werde ich Sie persönlich zur Verantwortung ziehen!“

Enno schaffte es immer noch, freundlich zu bleiben.

„Wir konnten keine Hinweise auf ein Verbrechen feststellen. Vielleicht schauen Sie sich selbst ein wenig auf Borkum um. Wir leben hier auf einer Insel, da kann man nicht so einfach ausbüxen. Wenn Ihre Schwiegertochter in spe nicht gleich die erste Fähre oder ein Flugzeug genommen hat, dann wird sie noch auf der Insel sein.“

„Ist das alles, was Ihnen dazu einfällt?“

Der Schraubenkönig warf Enno einen vernichtenden Blick zu.

„Uns sind momentan leider die Hände gebunden. - Ich wünsche Ihnen noch einen angenehmen Aufenthalt auf Borkum!“

Mit diesen Worten wandte sich Enno ab und stieg in den Wagen. Mona folgte seinem Beispiel.

„Für deine Verhältnisse warst du ja sehr zurückhaltend“, meinte der Oberkommissar schmunzelnd, während er wendete und den Opel wieder Richtung Borkum-Stadt lenkte.

„Ich kann eben diese Geldsäcke nicht ausstehen, die sämtliche Mitmenschen wie ihre Leibeigenen behandeln - egal, ob es nun Kellner, Krankenschwestern, Schaffner oder Bettler sind.“

„Oder Polizisten.“

„Genau, Enno! Was hätten wir denn tun sollen? Ich wette, diese Nadja ist in irgendeiner Bar versackt. Danach wird sie entweder reumütig zu ihrem Thomas und seinem herrischen Vater zurückgekrochen kommen oder einen Platz auf der nächsten Fähre nach Emden buchen.“

„Etwas seltsam ist es schon, dass eine junge Frau ohne Handtasche und ohne ihr I-Phone durchbrennt, Mona. Ich dachte immer, ihr könnt ohne diese Dinger nicht mehr leben."

„Können wir auch nicht. Aber vielleicht hat sie noch ein zweites Gerät, von dem die ganze Hochzeitsgesellschaft nichts ahnt. Uns geht die Sache jedenfalls nichts mehr an."

Als die beiden Kriminalisten zur Polizeistation zurückkehrten, wartete dort bereits Arbeit auf sie. Das Borkumer Drachenfest war wieder ein Publikumsmagnet gewesen. Zahlreiche Schaulustige hatten sich die Flugkünste der bunten Lenkdrachen am Nordstrand angesehen, mehr als dreißig Drachenflieger waren im Einsatz gewesen. Solche Veranstaltungen waren ein Eldorado für Taschendiebe. Es war den uniformierten Kollegen gelungen, zwei von ihnen auf frischer Tat festzunehmen. Mona und Enno übernahmen die Verhöre, fertigten Protokolle an und ließen die Delinquenten nach Feststellung der Personalien wieder laufen. Sie würden Post von der Staatsanwaltschaft bekommen.

„Jetzt haben wir uns eine Teepause verdient", meinte Enno. Er saß Mona in ihrem gemeinsamen Büro gegenüber. „Für dich auch ein Stück Butterkuchen, Mona?"

Doch bevor sie die Frage beantworten konnte, kam Grietje Smit herein. Die junge Polizeimeisterin trug Uniform und hatte die Ausbildung erst vor kurzem hinter sich gebracht.

„Ich habe gehört, ihr hattet vorhin Ärger wegen einer Hochzeitsgesellschaft?"

„Stimmt, Grietje. Weshalb? Macht der Schraubenkönig schon wieder einen Zwergenaufstand?"

Die Polizeimeisterin warf Mona einen verständnislosen Blick zu.

„Du sprichst in Rätseln. Aber gerade kam ein Zeuge herein, der etwas Interessantes gebracht hat. Also, das solltet ihr euch ansehen.“

Monas Neugierde war geweckt. Sie stand auf und folgte gemeinsam mit Enno der jungen Kollegin zurück ins Wachlokal. Dort stand ein älterer Mann vor dem Holztresen. Der Zeuge war braungebrannt, seine kurzen Hosen und muskulösen Beine wiesen ihn als passionierten Wanderer aus. Doch Mona musterte ihn nur kurz, ihre ganze Aufmerksamkeit galt dem Gegenstand, der auf dem Holztresen lag.

Es war ein edel und teuer aussehendes weißes Brautkleid, das durch große rote Blutflecken verunstaltet war.

Kapitel 3

„Tja“, sagte Hinrich Oltbeck. „Das ist ja nun alles nicht so optimal gelaufen, nicht wahr?“

Der glatzköpfige Hauptkommissar saß hinter seinem Schreibtisch, putzte seine Halbbrille und schaute Mona und Enno mit kurzsichtigen Augen an. Die beiden Kriminalisten hatten in Oltbecks Besucherstühlen Platz genommen, die sich auf der anderen Seite des Tisches befanden. An der Wand hing ein Bild des Bundespräsidenten, ansonsten wies das Zimmer des Dienststellenleiters der Polizeistation Borkum wenig Schmuck auf.

Oltbeck war ein nüchterner Bürokrat, den man am leichtesten glücklich machen konnte, indem man buchstabengenau die Vorschriften für den Polizeivollzugsdienst befolgte. Aber das war nicht immer einfach, besonders nicht für Mona.

„Heute nimmt die Suche nach der Vermissten richtig Fahrt auf.“ Ennos Optimismus war unerschütterlich. „Mit der Morgenfähre ist eine Hundertschaft der Landesbereitschaftspolizei eingetroffen, um zunächst den Nordwesten der Insel systematisch zu durchkämmen.“

„Die Kollegen von der Spurensicherung haben sich gestern noch das Hotelzimmer vorgenommen“, sagte Mona. „Herr Moll und ich haben die Besatzungen von Fähre und Katamaran befragt, auch das Flugplatzpersonal. Wir haben ihnen allen ein Foto der Vermissten gezeigt. Damit haben wir uns gestern den ganzen Nachmittag beschäftigt, aber ohne Ergebnis. „

Oltbeck nickte zerstreut und blätterte in seinen Unterlagen.

„Wo genau wurde dieses Brautkleid noch mal gefunden?“

„Am Ufer des Tüskendörsees. Ein Zeuge - Georg Hartmann - hat das Kleid entdeckt, als er auf dem Rückweg vom Ostland zur Stadt war. Er gibt an, in der Nähe des Sees keine anderen Personen gesehen zu haben. Er kam uns glaubhaft vor."

Oltbeck runzelte die Stirn.

„Könnte die vermisste Braut im See ertrunken sein?"

„Das ist unwahrscheinlich, Herr Hauptkommissar", warf Mona ein. „Wir haben uns das Gewässer gestern Nachmittag noch kurz angeschaut. Es ist nicht tief genug, eine darin treibende Leiche müsste man entdecken."

Der Vorgesetzte schüttelte den Kopf.

„Die Einsatzhundertschaft soll sich den Tüskendörsee trotzdem noch einmal genau vornehmen, mit Schlauchbooten und Stangen. Wir können uns keinen weiteren Fehler erlauben, haben Sie mich verstanden?"

„Aber wir haben nichts falsch gemacht, wir ..."

Der Hauptkommissar schnitt Monas Verteidigungsrede mit einer abrupten Handbewegung ab.

„Ich muss Sie davon in Kenntnis setzen, dass Herr Degner eine Dienstaufsichtsbeschwerde gegen Sie führen will. Er gibt an, dass Sie den Beginn der Suche nach Nadja Brenner in unverantwortlicher Weise verzögert und sein Anliegen nicht ernst genommen hätten."

„Davon kann keine Rede sein", sagte Enno, bevor Mona antworten konnte. „Ich selbst betrat wenige Minuten nach dem Beschwerdeführer das Wachlokal. Aufgrund der Faktenlage konnte die Kollegin gar nicht anders handeln."

Der Dienststellenleiter wiegte den Kopf.

„Herr Degner hat jedenfalls einen Spitzenanwalt gegen uns in Stellung gebracht. Selbstverständlich werden wir alle verfügbaren Kräfte einsetzen, um das Schicksal der jungen Frau aufzuklären."

„Natürlich, wenn der Schraubenkönig mit den Fingern schnippt, hat die Polizei zu springen!", regte Mona sich auf. Oltbeck schaute ihr so tief in die Augen, als ob er sie hypnotisieren wollte.

„Frau Sander, finden Sie nicht, dass Sie schon genug Ärger am Hals haben? Außerdem können Sie mir nicht erzählen, dass Ihnen das Leben von Nadja Brenner gleichgültig ist."

Mona blickte zu Boden. In ihrem Inneren vermischten sich Wut und Scham miteinander. Es stimmte natürlich, was ihr Vorgesetzter sagte. Nadja konnte ja nichts dafür, dass sie so ein Ekelpaket als Schwiegervater hatte. Und falls sie wirklich einem Verbrechen zum Opfer gefallen war, dann musste schleunigst mit den Ermittlungen begonnen werden. Die ersten 48 Stunden waren entscheidend, und davon war schon mehr als die Hälfte vergangen. Enno ergriff wieder das Wort.

„Leider gab es in der Nähe des Sees wegen des Starkregens gestern Nachmittag keine verwertbaren Spuren. Da hat uns das ostfriesische Wetter einen Strich durch die Rechnung gemacht. Es kann aber sein, dass die Kollegen von der Spurensicherung noch etwas finden, wenn sie sich das Gebiet vornehmen."

„Könnten Mitglieder der Hochzeitsgesellschaft etwas mit dem Verschwinden der Braut zu tun haben?"

Enno beantwortete die Frage des Hauptkommissars mit einem Kopfschütteln.

„Sie sind alle nach dem Frühstück zum Hafen hinuntergefahren und können sich daher gegenseitig Alibis geben."

Oltbeck nickte.

„In Ordnung. Herr Moll, Sie sprechen noch einmal mit der Familie und fragen nach möglichen Verdächtigen. Wir müssen die Möglichkeit bedenken, dass Nadja Brenner nicht freiwillig verschwunden ist. Womöglich wurde sie von jemandem entführt, dem sie vertraut hat."

„Das würde erklären, weshalb es keine Kampfspuren in dem Hotelzimmer gab", meinte Enno zustimmend.

„Und was soll ich machen?"

Der Dienststellenleiter wandte sich an Mona.

„Sie sprechen noch einmal mit der Brautjungfer, sozusagen von Frau zu Frau. Vielleicht sagt sie Ihnen unter vier Augen mehr als im Beisein der gesamten Hochzeitsgesellschaft. Ich werde mich gleich mit dem Einsatzleiter der Hundertschaft absprechen, welches Gebiet wir durchsuchen. Ich habe außerdem noch einen Hundeführer mit einem *Mantrailer* angefordert, er wird aus Hannover eingeflogen. Sie bekommen einen Anruf, sobald er eintrifft. Holen Sie ihn vom Flugplatz ab und lassen Sie den Hund am Brautkleid schnüffeln."

Die Besprechung war beendet. Mona verließ so schnell wie möglich den Raum. Es war nicht das erste Mal seit ihrem Eintritt in den Polizeidienst, dass sie Schwierigkeiten bekam. Ob sie diesmal rausgeworfen werden würde? Es war, als ob Enno ihre Gedanken gelesen hätte. Er klopfte ihr beruhigend auf die Schulter.

„Es wird nichts so heiß gegessen, wie es gekocht wird. Ich habe schon erlebt, dass Kollegen mit viel größeren Klopfern durchgekommen sind."

„Sehr beruhigend. Aber ich lasse mich sowieso nicht verrückt machen. Wenn ich gefeuert werde, dann werde ich eben Türsteherin."

Der Oberkommissar zwinkerte ihr zu.

„Die kleinste Türsteherin Ostfrieslands?"

„Ich hasse dich", sagte Mona lachend. „Soll ich dich bei Degners Bonzen-Ferienhaus absetzen? Ich hatte nämlich vor den Wagen zu nehmen, schließlich muss ich nachher den Hund transportieren."

„Danke, nicht nötig. Ich fahre mit dem Rad zum Schwiegervater."

Mona kam es so vor, als würde sie bei diesem Fall vom Pech verfolgt. Doch nun schien sie zum ersten Mal Glück zu haben. Als sie nämlich wenig später ihren Dienstwagen vor dem Hotel *Alea Luxury* zum Stehen brachte, wollte sich die Brautjungfer gerade durch den Haupteingang verdrücken. Mona hupte, woraufhin Evelyn Korn erschreckt zusammenzuckte. Mona stieg aus und ging zu Evelyn Korn hinüber.

„Moin. Wohin so eilig, Frau Korn?"

„I-ich wollte nur ein wenig spazieren gehen." Die junge Frau schien durch Monas Anwesenheit verunsichert zu sein. „Am liebsten würde ich die Insel ja verlassen. Aber ich möchte wissen, was mit Nadja geschehen ist. Haben Sie schon Neuigkeiten?"

Mona beantwortete die Frage nicht.

„Wir sollten uns wirklich ein wenig die Beine vertreten", sagte sie stattdessen. „Wussten Sie, dass Borkum eine Insel mit Hochseeklima ist? Da können Sie sich Ihre Lungen so richtig schön durchpusten lassen. Vor allem jetzt im beginnenden Herbst."

Die Aussicht, durch Mona begleitet zu werden, missfiel der Zeugin offenbar. Evelyn sagte kein Wort, während die beiden Frauen am Alten Leuchtturm vorbeigingen. Mona hatte die Führung übernommen. Sie steuerte zielstrebig auf die Strandpromenade zu. Am Vormittag war dort schon viel los. Ältere Badegäste versammelten sich, um im Kurmittelhaus ihr Salzwasser zu trinken - und womöglich später mit einem Grog nachzuspülen. Der Wind frischte auf, die Gischtkronen auf den graugrünen Wellen wurden größer. Erst auf der breiten Strandpromenade fand die Brautjungfer ihre Sprache wieder.

„Ich weiß gar nicht, was Sie von mir wollen, Frau Kommissarin. Ich habe doch schon alles gesagt, was ich weiß."

„Daran habe ich meine Zweifel."

Monas Stimme klang hart, und das war von ihr auch so gewollt. Sie fuhr fort: „Bisher ist das Schicksal Nadja

Brenners völlig unklar. Wir wissen noch nicht einmal, ob sie überhaupt noch lebt. Aber falls sie getötet wurde, dann werden wir den Täter finden, das verspreche ich Ihnen. Und wenn ich merke, dass Sie mir nicht die ganze Wahrheit gesagt haben, dann sind Sie wegen Beihilfe zum Mord oder wegen Begünstigung dran. Dafür werde ich sorgen."

Mona war nicht sicher, ob eine solche Anklage gegen Evelyn Korn Aussicht auf Erfolg hätte. Ihr kam es nur darauf an, die Zeugin zum Reden zu bringen. Und das klappte anscheinend gut, denn Evelyn erblasste. Und das trotz des kräftigen Windes, der die Wangen der meisten anderen Spaziergänger gut durchblutete.

„Also gut, ich werde Ihnen nichts mehr verschweigen", murmelte die Zeugin. Mona grinste.

„Das will ich hoffen. Kommen Sie, ich lade Sie zu einem Kakao mit Sahne ein."

Die beiden Frauen gingen ins *Strand Flair,* besorgten sich ihre Getränke und nahmen an einem Tisch mit Panoramablick auf die Nordsee Platz. Aber Mona ignorierte die Landschaft und schaute ihrem Gegenüber so tief in die Augen, als ob sie Evelyn hypnotisieren wollte.

„Wie fing alles an, Frau Kern? Ich meine, aus welchem Grund hat Frau Brenner Sie gebeten, ihre Brautjungfer zu sein?"

„Das wüsste ich auch gern." Evelyn schnaubte ironisch und nahm einen Schluck von ihrem heißen Kakao. „Sie laberte mich eines Tages einfach an, in der Mensa."

Mona nickte. Sie hatte schon am Vortag die Personalien der Brautjungfer aufgenommen und wusste, dass Evelyn in Düsseldorf im 2. Semester Betriebswirtschaftslehre studierte.

„Und dann fragte Frau Brenner Sie, ob Sie bei ihrer Hochzeit mitwirken wollten?"

„Genau, Frau Kommissarin. Erst dachte ich, sie wolle mich verschaukeln. Manche Leute halten mich ja für unterbelichtet, weil ich blond bin und gut aussehe. Aber als Nadja dann 500 Euro in Cash rüberwachsen ließ, glaubte ich nicht mehr an einen Scherz."

„Sie sollten also Geld dafür bekommen, dass Sie die Brautjungfer spielen?", vergewisserte sich Mona. Evelyn nickte eifrig.

„Ja, genau. Ich meine, der Deal war doch nicht schlecht, oder? 500 Kracher vor der Hochzeit, weitere 500 hinterher. Dazu noch eine kostenlose Fahrt auf diese öde Rentnerinsel, und das Hotelzimmer wurde mir auch bezahlt. Ich konnte ja nicht ahnen, dass ich Stress mit den Bul ... mit der Polizei kriegen würde."

Mona machte sich eifrig Notizen.

„Sie kannten also Nadja Brenner vor dieser Begegnung in der Mensa überhaupt nicht? Dann wissen Sie auch nicht, ob sie überhaupt in Düsseldorf studiert?"

„Nee, ihren Studentenausweis habe ich mir nicht zeigen lassen, Frau Kommissarin."

„Und Sie fanden es nicht seltsam, dass jemand eine wildfremde Person für ein so einschneidendes Lebensereignis wie eine Eheschließung anheuert?"

Evelyn trank noch mehr Kakao und zuckte mit den Schultern.

„Wahrscheinlich war diese Nadja einfach nur verdammt einsam. Es gibt doch solche Leute, die tausend Facebook-Freunde haben und keinen echten Kontakt. Ich meine, jede Frau hat doch eigentlich eine beste Freundin, oder? Wenn ich heiraten würde, dann wäre meine beste Freundin meine Brautjungfer oder meine Trauzeugin."

Mona nickte gedankenverloren. Ihre eigene beste Freundin Kati Rolfs lebte seit einem halben Jahr in London, wo sie für eine PR-Agentur arbeitete. Sie skypten gelegentlich miteinander, aber es war nicht dasselbe wie ein echtes Treffen. Mona vermisste Kati manchmal sehr. Sie konzentrierte sich wieder auf den Fall, um sich von ihren trüben Gedanken abzulenken. Mona führte sich vor Augen, dass beide Trauzeugen von der Seite des Bräutigams stammten. Okay, wenn die Verschwundene ein Waisenkind war, konnten ihre Eltern logischerweise nicht zur Hochzeit erscheinen. Aber gab es keine Pflegeeltern, die an diesem Ereignis teilnehmen wollten? Oder war die Braut in einem Kinderheim aufgewachsen? Und falls sie wirklich nicht als Studentin in Düsseldorf eingeschrieben war, was hatte sie dann gemacht? Je mehr Mona über die Braut erfuhr, desto größer wurde das Rätsel um Nadja Brenner.

„Was glauben Sie denn, weshalb ausgerechnet Sie von ihr angesprochen wurden?“

Evelyn straffte sich und warf ihre langen blonden Haare nach hinten.

„Ich sehe gut aus, habe auch schon ab und zu gemodelt. Wahrscheinlich wollte Nadja einfach nur eine dekorative Brautjungfer haben.“

Und dass du naiv und geldgierig bist, war aus Sicht der Braut gewiss auch kein Nachteil, ergänzte Mona in Gedanken. Aber sie lächelte die Zeugin einfach nur an.

„Danke, dass Sie Zeit für mich hatten.“

Evelyn rollte ungeduldig mit den Augen.

„Was meinen Sie denn, wie lange ich hier noch festsitze? Die zweiten 500 Mäuse kann ich wohl vergessen, ich sollte das Geld ja von Nadja kriegen. Oder ob ich ihren reichen Schwiegervater anhauen kann?“

„Da bin ich leider überfragt. Aber wenn Sie Herrn Degner ansprechen, richten Sie ihm doch herzliche Grüße von Kommissarin Sander aus.“

Diesen Seitenhieb konnte sich Mona nicht verkneifen. Der Unsympath sollte sich bloß nicht einbilden, dass sie sich von ihm einschüchtern ließ! Trotzdem war sie froh, dass Enno die Befragung des Schraubenkönigs übernommen hatte. Monas Handy klingelte. Sie nahm den Anruf an.

„Kommissarin Sander."

„Guten Tag, Frau Kollegin. Mein Name ist Obermeister Reese, ich bin der Hundeführer aus Hannover. Ich sollte mich bei Ihnen melden, sobald Bella und ich auf Borkum angekommen sind."

„Bella?"

„Ich spreche von dem *Mantrailer*. Bella ist eine Golden-Retriever-Hündin."

„Ach so, klar." Mona räusperte sich. „Ich hole Sie in ein paar Minuten ab."

Sie beendete das Telefonat und wandte sich an die Brautjungfer: „Die Pflicht ruft."

Mona eilte zum Wagen zurück, den sie beim Hotel geparkt hatte. Sie hetzte durch die Viktoriastraße, durch die sich inzwischen große Gruppen von Tagestouristen schoben. Wenn eine Fähre aus Emden oder Eemshaven eingetroffen war, wurde es im Zentrum von Borkum meist schlagartig voller. Die Touristen unterhielten sich auf Deutsch oder Holländisch, je nachdem, in welchem der beiden Häfen das Schiff abgelegt hatte. Aber Mona war völlig in Gedanken. Hatte die Braut von Anfang an nicht vorgehabt, die Ehe zu schließen? War ihre Flucht von langer Hand geplant gewesen? Aber weshalb hatte Nadja für teures Geld eine Brautjungfer angeheuert, von der sie keine scharfsinnigen Nachfragen zu befürchten hatte?

Mona startete den Opel-Motor. Das Brautkleid lag im Kofferraum, es war in eine Tüte für Beweismittel verpackt. Sobald der Hund Witterung aufgenommen hatte, sollte das Kleid zur kriminaltechnischen Untersuchung auf das Festland gebracht werden. Dann würde sich auch nachweisen lassen, ob es wirklich durch Blut verunstaltet worden war. Und ob das Blut von der Braut stammte. Mona hatte im Hotelzimmer eine Haarbürste sichergestellt, daher konnte die DNA der Verschwundenen für einen Abgleich ermittelt werden.

Sie fuhr durch die Ostfriesenstraße, die zwischen den Dünen hindurch Richtung Flugplatz führt. Der Kollege in der blauen Uniform wartete bereits unweit des Rollfeldes. Obermeister Jörn Reese war ein blonder Mann Anfang dreißig mit wettergegerbter Haut. Bella hatte den Flug offenbar gut überstanden. Die Golden-Retriever-Hündin schaute Mona neugierig an und wedelte mit dem Schwanz. Mona schüttelte Reese die Hand und gab ihm einen kurzen Überblick, was die Vermisstenlage anging. Er kratzte sich nachdenklich im Nacken.

„Ein Brautkleid? So einen Fall hatte ich auch noch nicht. Und die Suchaktion durch die Hundertschaft hat noch nichts ergeben?“

„Nein, sonst wäre ich sofort verständigt worden. Allerdings haben die Kollegen auch erst vor kurzem losgelegt. Wir arbeiten sozusagen parallel.“

„Dann wollen wir doch mal sehen, ob Bella behilflich sein kann.“

Sie stiegen in den Opel. Mona fuhr zu der Stelle am Ufer des Tüskendörsees, wo das Brautkleid gefunden worden war. Das Gelände befand sich nicht weit vom Flugplatz entfernt. Zahlreiche Fußspuren deuteten darauf hin, dass die Suchtrupps schon Richtung Ostland losmarschiert waren. Mona warf einen nachdenklichen Blick auf das ruhige Wasser des Sees. Ob dort irgendwo in einer der Buchten oder unter dem Uferbewuchs versteckt eine Frauenleiche lag? Wenn ja, würde der Hund sie gewiss finden.

Reese ließ Bella ausgiebig an dem Kleid schnüffeln, das Mona aus der Plastikverpackung genommen hatte. Die Hündin nahm sofort die Fährte auf. Der Hundeführer hielt sie an der kurzen Leine. Bella stapfte tatendurstig durch den Sand. Mona folgte der Hündin und ihrem Kollegen. Ihr war immer noch völlig unklar, was mit Nadja Brenner geschehen sein konnte. Falls sie freiwillig abgehauen war, hatte sie dann am Seeufer ihr Kleid abgelegt und war in Unterwäsche weitergelaufen? Aber aus welchem Grund? War sie verletzt, stammte das Blut auf dem Kleid wirklich von der Braut? Aber der Stoff war nicht zerrissen. Es gab keinen Hinweis darauf, dass jemand Nadja ihr Kleid vom Körper gefetzt hatte. Die beiden Menschen und die Hündin erklommen eine Düne und rutschten auf der anderen Seite im weichen Sand mehr oder weniger schnell wieder hinunter.

Bella war nicht zu bremsen, sie ging offenbar völlig in ihrer Mission auf. Sie bewegte sich auf die Uferlinie zu und blieb dann abrupt stehen. Sie kläffte und begann damit, ziellos hin und her zu springen. Die Wellen der Nordsee leckten bis zu ihren Pfoten.

„Hier ist Ende Gelände“, sagte Reese zu Mona. „Weiter führt die Spur nicht.“

„Sie meinen, die Vermisste ist ins Wasser gegangen?“

Der Hundeführer zuckte mit den Schultern.

„Das wäre eine Möglichkeit. Aber falls keine Selbstmordabsicht vorlag, könnte sie auch einfach an Bord eines Bootes gegangen sein. Das Wasser ist hier sehr flach, aber ein Schlauchboot oder ein Ruderboot mit flachem Kiel kann direkt bis hierher gelangen.“

Reese deutete auf den feuchten Sand unter seinen Stiefeln. Mona reckte sich und deutete auf das offene Meer hinaus.

„Schwimmend wird Nadja Brenner jedenfalls Borkum nicht verlassen haben. Die nächstgelegene Insel heißt Lütje Hörn und die ist unbewohnt. Okay, bei einer Verzweiflungstat denkt man nicht an die Folgen. Aber das Vorleben der Verschwundenen ist für uns noch immer ziemlich rätselhaft, ehrlich gesagt.“

„Bella und ich haben getan, was wir konnten. Mehr ist momentan leider nicht möglich.“

Mona bedankte sich für die Hilfe und brachte den Kollegen und die Golden-Retriever-Hündin zum Flugplatz zurück.

Ob die Braut wirklich ins Wasser gegangen war? Aber aus welchem Grund?

Kapitel 4

Mona genehmigte sich auf dem Rückweg zur Polizeistation in Bahnhofsnähe ein Fischbrötchen und kam sich dabei vor wie eine richtige Touristin. Dabei lebte sie schon einige Zeit auf Borkum und mochte den morbiden Bädercharme der Insel - sogar im Winter, wenn nicht besonders viel los war. Ob sich die Verschwundene auf Borkum ausgekannt hatte? War die geplatzte Hochzeit durchdacht gewesen oder hatte Mona es mit einer Spontanaktion zu tun? Hatte Nadja Verbündete gehabt? War sie überhaupt freiwillig abgehauen?

Diese Fragen schwirrten Mona durch den Kopf, während sie die Wache betrat. Sie erstattete Oltbeck sofort über den *Mantrailer*-Einsatz Bericht. Der Vorgesetzte legte seine Stirn in Sorgenfalten.

„Haben wir es mit einem Suizid zu tun, Frau Sander? Wie ist Ihre Meinung?“

„Wir wissen noch viel zu wenig über Nadja Brenner, Herr Hauptkommissar. Ich erhoffe mir mehr belastbare Fakten nach der kriminaltechnischen Untersuchung des Kleides.“

„Aber Sie wissen ja selbst, wie lange so etwas dauern kann“, stöhnte der Dienststellenleiter. Mona spürte, dass er unter Druck stand. Sie legte den Kopf schief und schaute Oltbeck prüfend an.

„Macht man Ihnen jetzt auch Ärger?“

Der Hauptkommissar nickte.

„Arnold Degner ist mit dem Innenminister befreundet. Er hat mir durch seinen Staatssekretär zu verstehen gegeben, dass die Aufklärung dieses Falles höchste Priorität hat. Sie sind nicht als Einzige in der Schusslinie, Frau Sander.“

„Das ist doch wieder einmal typisch!“, wütete Mona. „Wenn so ein Geldsack mit dem Finger schnippt, müssen wir durch den Feuerreifen springen. Und ...“

Oltbeck winkte müde ab.

„Versuchen Sie einfach, das Rätsel zu lösen, Frau Sander. Herr Moll hat gerade angerufen. Die Suchaktion der Hundertschaft hat bisher nichts ergeben. Die Kollegen machen noch bis zum Einbruch der Dunkelheit weiter und kehren dann mit der letzten Fähre aufs Festland zurück."

Wenig später kam Enno herein. Er schien trotz der misslungenen Suche gute Laune zu haben. Den Grund erfuhr Mona, als sie sich wenig später in ihrem gemeinsamen Büro wieder gegenübersaßen.

„Der Schraubenkönig war erstaunlich redselig, Mona."

„So? Das freut mich. Ich dachte, er hätte nichts anderes getan, als durch seinen Minister-Kumpel unserem Chef Feuer unter dem Hintern zu machen", ätzte Mona. Enno lachte.

„Ich konnte ganz vernünftig mit ihm sprechen, nachdem seine erste Wut verraucht war. Degner gestand mir, dass er mit der Wahl seines Sohnes gar nicht glücklich ist. Der Schraubenkönig hätte sich lieber die Tochter eines Geschäftsfreundes als Frau an Thomas' Seite gewünscht."

„Und der Alte konnte sich nicht durchsetzen? Auf mich hat er keinen besonders willensschwachen Eindruck gemacht."

„Auf mich auch nicht, Mona. Arnold Degner ist ein harter Hund. Aber er hat eine Achillesferse, nämlich seinen Sohn. Er liest ihm jeden Wunsch von den Augen ab, auch wenn es ihm unvernünftig erscheint."

„Und was ist mit dem Bräutigam? Hast du auch mit ihm gesprochen?"

„Ja, aber er war sehr einsilbig. Immerhin konnte ich ihm entlocken, dass er Nadja liebt. Und das, obwohl sein Vater sich eine andere Frau für ihn gewünscht hätte."

„Okay, also Nadja ist für den Schraubenkönig nicht die Traum-Schwiegertochter. Aber weshalb sollte das von polizeilichem Interesse sein?"

„Weil Degner senior in Düsseldorf Nadja durch einen Privatdetektiv überwachen ließ. Der Schnüffler fand dabei heraus, dass Nadja vor ihrer Beziehung zu Thomas mit einem üblen Burschen befreundet war. Sein Name lautet Ben Wolter. Ich habe den Namen gleich mal durch die Datenbanken gejagt."

„Mit welchem Ergebnis?"

„Ben Wolter hat Vorstrafen wegen häuslicher Gewalt und Beleidigung. Aber angeblich macht er jetzt ein Anti-Aggressionstraining."

„Klingt nach einem Traumtypen", spottete Mona und schaltete ihren Computer ein. „Hast du schon seinen Aufenthaltsort gecheckt?"

„Nein, ich wollte dich ja nicht arbeitslos machen."

„Ich liebe dich", sagte Mona, während sie sich in die Datenbank der Kurverwaltung Borkum einloggte.

„Lass das nicht meine Frau hören."

„Rein platonisch natürlich, ich stehe nicht auf graue Schläfen."

„Bei mir sind nicht nur die Schläfen grau."

„So genau wollte ich das gar nicht wissen. - Aber du wirst nie erraten, wer seit einer Woche das Ferienhaus Oostendarp gemietet und für insgesamt 14 Tage Kurtaxe im Voraus entrichtet hat."

„Ben Wolter?"

„Dein Scharfsinn betört mich, Enno. Lass uns ihm doch gleich mal einen Besuch abstatten. Ich glaube kaum, dass er zum schönsten Tag im Leben seiner Ex eingeladen wurde. Jedenfalls gehörte er nicht zu der Hochzeitsgesellschaft."

„Wo du Recht hast, hast du Recht."

Mona und Enno meldeten sich ab und fuhren in die Geert-Bakker-Straße. Das Ferienhaus Oostendarp wurde ganzjährig vermietet. Es war ein schönes und liebevoll restauriertes Backsteingebäude im friesischen Stil.

„Weit ist es jedenfalls nicht von hier bis zum Hotel der Braut“, stellte Mona fest. Enno nickte.

Sie klopften an die Tür. Von drin ertönte leise Musik. Nach einigen Momenten wurde die Tür geöffnet.

Ein großer und durchtrainiert wirkender Mann stand vor ihnen und schaute sie misstrauisch an. Mona schätzte ihn auf Anfang dreißig. Er sah auf eine raue Art attraktiv aus. Sie konnte sich vorstellen, dass viele Frauen auf diese Art Kerl standen. Vor allem, wenn eine Aura von Gefährlichkeit bei ihnen ein angenehmes Herzklopfen hervorrief. Mona zeigte ihren Dienstausweis.

„Moin. Wir sind von der Polizei Borkum. Das ist Oberkommissar Moll, ich bin Kommissarin Sander. Sind Sie Herr Wolter?“

„Warum wollen Sie das wissen?“, knurrte der Mann unhöflich.

„Weil wir unter chronischer Neugier leiden“, giftete Mona. „Aber wenn Sie die Frage hier und jetzt nicht beantworten können, dann setze ich das Gespräch gerne auf dem Revier fort.“

„Reden Sie einfach kurz mit uns, dann sind wir schnell wieder weg“, sagte Enno freundlich. Wieder einmal fragte sich Mona, ob die Leute sie und Enno Moll für so eine Art guter-Bulle-böser-Bulle-Duo hielten. Jedenfalls müssten sie sich nicht verbiegen, um in diese Rollen zu passen. Mona wusste, dass sie selbst zur Zickigkeit neigte, wenn sie jemanden unsympathisch fand. Und Enno war von Natur aus tiefenentspannt. Sie konnte sich nicht erinnern, ihn jemals richtig aufgebracht erlebt zu haben. Und das wollte bei der oftmals stressigen und zermürbenden Polizeiarbeit etwas heißen.

Der Kerl gab klein bei und ließ sie ins Haus. Enno erreichte mit seiner verbindlichen Art mehr als Mona. Sie nahm sich immer wieder vor, ihr Temperament in den Griff zu bekommen. Aber bisher hatte es nie nachhaltig funktioniert. *Vielleicht sollte ich es auch einmal mit einem Anti-Aggressionstraining versuchen,* dachte sie selbstironisch.

Sie trat in den großen Wohnraum und schaute sich dort um, während Enno in aller Seelenruhe den Personalausweis des Mannes überprüfte.

„Sie sind also wirklich Herr Benjamin Wolter", stellte Monas Partner zufrieden fest.

„Was dachten Sie denn, wer sich in diesem Haus verbirgt? Ein Kettensägenmörder?"

„Nicht in dem Ton, Freundchen!", blaffte Mona, bevor Enno etwas erwidern konnte. „Mein Kollege hat Sie ganz höflich angesprochen, also halten Sie mal den Ball flach. Außerdem ist von einem Kettensägenmörder überhaupt keine Rede. Aber vielleicht verstecken Sie hier ja Ihre Exfreundin? Ich hätte nicht übel Lust, mich noch etwas genauer umzusehen."

Ben Wolter verschränkte die Arme vor der Brust und baute sich vor einer verschlossenen Tür auf.

„Haben Sie einen Durchsuchungsbefehl?"

„Nein, den haben wir nicht", schaltete sich Enno nun wieder ein. „Aber wir sind in großer Sorge um Ihre Exfreundin Nadja Brenner. Sie wollte gestern Vormittag hier auf der Insel heiraten und ist seitdem spurlos verschwunden."

Wolter grinste.

„Dann wird sie wohl kalte Füße bekommen haben."

„Und Sie wussten natürlich nicht, dass Nadja sich auf Borkum befindet und mit einem anderen Mann vor den Standesbeamten treten wollte?", hakte Mona nach.

„Nein, das ist mir neu. Nadja und ich sind seit einem halben Jahr nicht mehr zusammen."

„Haben Sie vielleicht Ihre Fäuste benutzt, um Nadja von ihrem Vorhaben abzubringen?", fragte Mona und trat näher an Wolter heran. Sie blickte zu ihm auf und schaute ihm direkt in die Augen. „Es wäre ja nicht das erste Mal."

„Ich hätte mir denken können, dass Sie diese alten Kamellen wieder aufwärmen. Aber das waren Jugendsünden. Ich nehme an einem Anti-Aggressionstraining teil."

Obwohl sich Wolter bemühte, ruhig zu wirken, kochte er doch innerlich bereits vor Wut. Mona beobachtete ihn genau, registrierte seine Körperspannung, seine heimtückischen Blicke. Seine Hände öffneten und schlossen sich. Er stand kurz davor, die Beherrschung zu verlieren.

„Sie wollen uns wirklich erzählen, dass Sie rein zufällig jetzt hier auf Borkum sind?", höhnte Mona.

„Warum nicht? Die Insel ist in ganz Nordrhein-Westfalen sehr beliebt. Ich wette, dass sich momentan zahlreiche Düsseldorfer auf der Insel befinden."

„Ja, man könnte die Strandstraße glatt mit der Königsallee verwechseln." Mona war fest entschlossen, Wolter zu provozieren. Aber Enno hatte offenbar andere Pläne.

„Wo waren Sie denn gestern Morgen so zwischen 9 und 11 Uhr, Herr Wolter?"

„Da bin ich Joggen gewesen, unten am Strand zwischen dem Hoge Hörn und dem Gezeitenland."

„Auf dem Abschnitt laufe ich auch öfter", warf Mona ein. „Dort sind so viele Jogger unterwegs, dass sich kein Zeuge an Sie erinnern wird."

„Das ist nicht meine Schuld. Haben Sie noch Fragen? Ich wollte nämlich eigentlich meinen Urlaub genießen und mich nicht mit der Polizei herumärgern."

„Was machen Sie eigentlich beruflich?", wollte Enno wissen.

„Ich bin freiberuflicher Anlageberater."

„Also einer von diesen Typen, die das sauer verdiente Geld von armen Rentnerinnen in hochspekulative Aktienfonds schaufeln?“, fragte Mona betont unschuldig. Wolter knirschte mit den Zähnen.

„Ich nehme nicht an, dass Sie auf diese Frage eine ernsthafte Antwort erwarten.“

„Wir gehen jetzt“, entschied Enno und legte seine Visitenkarte auf den Tisch. „Bitte rufen Sie uns an, falls Ihnen noch etwas einfällt. Jede Kleinigkeit kann wichtig sein.“

Wolter schob die Hände in die Hosentaschen und starrte finster vor sich hin. Mona und Enno verließen das Ferienhaus wieder.

„Die Sache stinkt doch zum Himmel!“, regte Mona sich auf, als sie wieder im Auto saßen. „Der Kerl hält Nadja womöglich irgendwo in seinem Haus gefangen!“

„Hast du Hinweise gesehen, die auf einen weiblichen Mitbewohner hindeuten? Ich nicht.“

„So dämlich ist Wolter nicht, Enno. Ich halte ihn für sehr durchtrieben.“

„Immerhin hat er seinen richtigen Namen benutzt. Er wusste doch, dass wir seine Vorstrafen schnell herausbekommen würden. Es wäre cleverer gewesen, sich hier unter einer falschen Identität einzumieten.“

„Ja, wahrscheinlich. Aber was hast du jetzt vor? Willst du ihn ungeschoren davonkommen lassen?“

„Natürlich nicht. Wir knöpfen uns mögliche Zeugen in der näheren Umgebung vor. Falls er Nadja wirklich verborgen hält, dann ist er gewiss mit ihr zusammen gesehen worden. Vergiss nicht, dass sie bei Tageslicht verschwunden ist.“

„Womöglich hat er sie auf einem Boot fortgeschafft, das würde die Reaktion des *Mantrailers* erklären, von der ich dir erzählt habe.“

„Ja, aber auch ein Boot kann man sich nicht einfach aus den Rippen schneiden. Wir machen jetzt Feierabend, sonst flippt der Chef noch wegen der Überstunden aus.“

„Das sollte im Moment unsere geringste Sorge sein“, murmelte Mona.

Kapitel 5

Mona verabschiedete sich vor der Polizeistation von Enno und schwang sich in den Sattel ihres privaten Hollandrades. Auf Borkum waren Autos im Gegensatz zu anderen ostfriesischen Inseln zwar erlaubt, aber Mona wäre nie auf die Idee gekommen, sich ein motorisiertes Fahrzeug zuzulegen. Während der Arbeit konnte sie auf einen Dienstwagen zurückgreifen, und in ihrer Freizeit wollte sie nicht auch noch hinter dem Lenkrad sitzen. Ihr Kopf war momentan voll, der aktuelle Fall beschäftigte sie immer noch stark, während sie Richtung Deichstraße radelte. Mona wohnte im Süden der Stadt Borkum, in der Walfangerstrate. Ihre Vermieterin, Frau Klasing, hatte ihr nur allzu gern eine ihrer Ferienwohnungen als Dauergast überlassen. Die Tatsachen, dass Mona Single, Nichtraucherin und Polizeibeamtin war, machten sie in den Augen der Hausbesitzerin zu einer Traummieterin. Mona zahlte zwar brav ihre Miete, hielt sich aber kaum in ihrem gemütlich eingerichteten Apartment auf, da sie möglichst viel Zeit unter freiem Himmel verbrachte. Auch an diesem Abend wollte sie unbedingt noch laufen, um ihre innere Anspannung abzubauen und sich richtig auszupowern.

Sie stellte ihr Rad in den Schuppen, schlüpfte schnell in ihre Joggingklamotten und rannte los.

Mona überquerte die viel befahrene Reedestraße und bewegte sich durch das ruhige Wohngebiet zwischen Loogster Dünen und Süderstraße, bis sie hinter der Café Bar *Strand 5* die Strandpromenade erreichte. Mona lief hinunter zur Wasserlinie. Jetzt, wo sie den harten feuchten Sand unter ihren Schuhsohlen spürte, fühlte sie sich erst richtig wohl. Sie schmeckte das Salz auf ihren Lippen, während sie direkt an der Brandung entlang Richtung Norden lief. Sie hatte die weite Meeresfläche der Nordsee nun links neben sich, während rechts auf der Strandpromenade bereits die Lichter in den Cafés, Restaurants und Hotels brannten. Es war noch nicht richtig dunkel, aber die Sonne ging bereits an der Horizontlinie unter und färbte die Wolken purpurfarben.

Mona hatte sich nun eingelaufen und legte immer wieder kurze Sprints ein. Sie erinnerte sich an einen entsetzlich langweiligen Ostfriesenkrimi mit einem kiffenden Kommissar, der jeder sportlichen Betätigung abgeschworen hatte. Im realen Dienstalltag hätte es dieser Bewegungslegastheniker nach ihrer Ansicht sehr schwer gehabt, denn Gewalt gegen Polizisten war auch auf dieser scheinbar so friedlichen Urlauberinsel ein Thema. Fitness war für Mona nicht nur Freizeitspaß, sondern auch Selbstbehauptungsstrategie.

Ihr Kreislauf kam jetzt so richtig auf Touren. Sie erblickte den Gebäudekomplex der Knappschaftsklinik Borkum, nördlich davon gab es kaum noch Wohnbebauung. Monas Ziel war die Landzunge hinter dem Hoge Hörn, dort wollte sie umkehren. Hier draußen begegneten ihr um diese Zeit kaum noch andere Jogger. Sie hatte den Strand ganz für sich allein, jedenfalls kam es ihr so vor. Die Feriengäste und Kurpatienten saßen jetzt wahrscheinlich beim Abendessen in ihren Hotels oder Kurkliniken. Auch Monas Magen knurrte bereits, aber das Essen musste noch bis zu ihrer Rückkehr in die Walfangerstrate warten. Sie legte einen letzten Sprint ein, bei dem sie sich völlig verausgabte.

Mona stand nun an der Wasserlinie, die Hände auf ihre Knie gestützt. Allmählich kam sie wieder zu Atem, während ihr Herz so laut schlug wie ein Schmiedehammer auf dem Amboss.

So kam es, dass sie den lautlosen Angreifer nicht hörte.

Plötzlich bekam sie einen heftigen Schlag gegen den Hinterkopf.

Mona landete mit dem Gesicht nach unten auf dem Boden. Sie biss sich auf die Zunge, schmeckte Blut in ihrem Mund. Instinktiv wollte sie wieder hochkommen, aber da rammte ihr jemand bereits sein Knie in den Rücken. Zudem drückte ihr Widersacher ihren Schädel mit dem Arm nach unten.

„Was soll das, verflucht?“, presste Mona hervor. „Lassen Sie mich sofort los!“

„Das hättest du wohl gerne, Miststück?“

Sie erkannte Ben Wolters Stimme sofort wieder. Aber diesmal klang er irgendwie verrückter als bei der ersten Begegnung. Mona zweifelte nicht daran, dass er von Sinnen war. Sonst wäre er wohl nicht auf den Einfall gekommen, ihr ans Leder zu wollen. Was versprach er sich davon? Glaubte Wolter, die Polizei würde ihn dann ab sofort in Ruhe lassen? Mona bemühte sich, ruhig zu sprechen, obwohl sie innerlich im Alarmzustand war.

„Sie verbessern Ihre Lage nicht, indem Sie mich in den Sand quetschen, Wolter.“

„Das ist mir egal! Wenn du Luder glaubst, mir auf der Nase herumtanzen zu können, dann werde ich dich schon noch einnorden.“

„Ist das die Art, wie Sie mit Frauen umspringen? Musste Nadja verschwinden, weil sie sich nicht länger von Ihnen terrorisieren lassen wollte?“

„Du weißt nichts, überhaupt nichts! Und du wirst jetzt dafür bezahlen, dass du mir auf die Nerven gegangen bist!“

Mona spürte Wolters freie Hand am Bund ihrer Jogginghose. Falls er glaubte, sich an ihr vergehen zu können, sollte er sich gründlich getäuscht haben. Mit dem anderen Arm presste er immer noch ihren Kopf nach unten. Mona ergriff seinen kleinen Finger und bog ihn mit ganzer Kraft nach außen.

Wolter stieß einen Schrei aus, der einem wütenden Neandertaler alle Ehre gemacht hätte.

Immerhin ließ er Mona los, und das hatte sie erreichen wollen. Sie wälzte sich unter ihm hervor. Wolter hatte nun kein Interesse mehr daran, ihr die Hose herunterzuziehen. Stattdessen ballte er seine unverletzte Hand zur Faust und schlug nach ihr. Doch Mona war inzwischen im Nahkampf-Modus. Der Gegner war größer als sie, dennoch fühlte sie sich ihm nicht unterlegen. Sie hatte während ihrer Zeit bei der Bereitschaftspolizei schon schlimmere Situationen durchgestanden. Instinktiv wich sie seiner Faust aus und revanchierte sich mit einem harten Ellenbogenstoß zwischen die Rippen. Wolter knickte mit dem einen Knie ein und stützte sich auf dem Boden ab. Mona dachte schon, sie hätte ihn besiegt.

Stattdessen warf er ihr eine Handvoll nassen Sand ins Gesicht.

Mona gab einen kreischenden Laut von sich. Das war eigentlich nicht ihre Art, aber die Sandkörner brannten fürchterlich in den Augen. Es fühlte sich an, als ob tausend Stecknadeln in ihre Augäpfel stechen würden. Sie schlug sich die Hände vor das Gesicht und begriff, dass sie momentan ihrem Gegner hilflos ausgeliefert war. Da ertönte ein lauter Ruf.

„Was machet Se denn da? Lasset Se das Mädle in Ruhe!"

Mona konnte kaum etwas sehen. Aber durch einen Tränenschleier bemerkte sie, wie Wolter davonrannte. Im nächsten Moment wurde sie von mehreren rüstigen Rentnern umringt, die aufgeregt auf schwäbisch miteinander und auch mit ihr redeten. Es dauerte einige Momente, bis sich Mona den besorgten Spaziergängern gegenüber verständlich machen konnte.

„Ich bin Polizeibeamtin. Bitte rufen Sie meine Kollegen an."

Mona konnte immer noch nicht richtig sehen. Der Zustand ihrer Augen verschlechterte sich noch weiter, obwohl ihr das kaum möglich erschien. Einer der alten Männer telefonierte. Wenig später hörte Mona das Sirenengeheul eines Einsatzfahrzeuges. Und dann erkannte sie die Stimme ihrer Kollegin Grietje Smit.

„Ich habe Enno Bescheid gegeben, er kommt auch gleich hierher. Was ist geschehen, Mona?“

Sie berichtete kurz von den Ereignissen, dann fügte sie hinzu: „Ich habe den Angreifer erkannt, er heißt Benjamin Wolter und ist ein Verdächtiger im Fall Nadja Brenner. Ich weiß, welches Ferienhaus er bewohnt.“

„Ich werde den Fährhafen und den Flugplatz alarmieren, damit er nicht entkommen kann“, gab Grietje zurück. „Ich frage Enno wegen der Personenbeschreibung. Du musst jetzt erst zum Arzt, deine Augen sehen schlimm aus.“

Als Nächstes hörte Mona ein Keuchen, das sich schnell näherte. Dann erklang Ennos vertraute Stimme. Er war offenbar gerannt, um zu seiner Partnerin zu gelangen. Und das fiel ihm bei seiner Leibesfülle nicht gerade leicht.

„Wolter hat mich fertigmachen wollen“, sagte sie zu Enno. „Zum Glück waren diese schwäbischen Gentlemen in der Nähe, da ist er abgehauen. - Grietje, nimmst du die Aussagen der Zeugen auf? Enno und ich müssen uns Wolter vorknöpfen, er ...“

„Du und ich müssen gar nichts tun“, bestimmte der Oberkommissar entschieden. „Glaube mir, ich würde mir den Verdächtigen gerne persönlich vorknöpfen. Aber Wolter hat eine Polizistin angegriffen, er ist gefährlich und hat womöglich eine Geisel. Das ist ein Fall für das SEK.“

„Das SEK?“ Mona heulte wie ein Schlosshund. Aber nicht aus Trauer, sondern vor Wut. Außerdem schmerzten ihre Augen immer noch gemein. „Für einen wildgewordenen Anlageberater? Das ist doch völlig übertrieben!“

„Ab sofort wird alles nur noch nach Vorschrift gemacht, wir können uns keine weiteren Patzer erlauben“, raunte

Enno ihr zu. „Wolter konnte uns keinen größeren Gefallen tun, als dich zu attackieren, Mona. Dafür wandert er sowieso ab, und einen Durchsuchungsbeschluss für das Ferienhaus kriegen wir unter diesen Umständen auch."

„Wie tröstlich", schluchzte Mona. Aber sie wusste im Grunde, dass Enno Recht hatte. Außerdem hatte sie keine Ahnung, wann sie wieder vernünftig würde sehen können. Enno schaffte sie im Streifenwagen zur nahegelegenen Poliklinik, wo sie als Notfall sofort untersucht wurde.

„Ich habe den Hauptkommissar schon informiert, unsere Maßnahmen laufen an", sagte Monas Partner. „Deshalb muss ich jetzt auch weiter, du bist hier ja in guten Händen."

„Aber du informierst mich, sobald es etwas Neues gibt?", fragte Mona, während ihre Augen gespült wurden.

„Selbstverständlich."

Während sie behandelt wurde, blieb Mona genug Zeit zum Nachdenken. Sie hatte unbedachterweise bei Wolters Befragung gesagt, dass sie selbst oft am Strand jogge. Aber wie hätte sie denn ahnen können, dass er ihr daraufhin sofort auflauern würde? Was versprach er sich von diesem Angriff? Entweder war er sehr nervös oder er wollte seine eigene Macht und Überlegenheit demonstrieren. Mona fragte sich wieder einmal, ob die Braut überhaupt noch lebte. Wenn Wolter sie nun getötet und die Leiche in die Nordsee geworfen hatte? Mona traute ihm durchaus zu, dass er seine Exfreundin lieber umbrachte, als sie einem anderen Mann zu überlassen. Dieses Verhalten würde zu dem Bild passen, das sie von ihm hatte.

Allmählich ließen die Schmerzen in ihren Augen nach. Dafür meldete sich ihr Magen laut knurrend zu Wort.

„Sie können sich jetzt etwas ausruhen, ich lasse Ihnen gleich etwas zu essen bringen", sagte der Arzt schmunzelnd.

„Ich muss doch heute Nacht nicht hierbleiben, oder? Meine Augen fühlen sich schon viel besser an."

„Die Bindehautreizung wird in den nächsten Tagen abklingen. Ich gebe Ihnen eine Salbe mit. Aber warten Sie jetzt einfach noch einige Zeit.“

Mona spielte die brave Patientin und machte sich wenig später hungrig über das Mettwurstbrot her, das ihr von einer Krankenschwester gebracht wurde. Auch den nach nichts schmeckenden Mini-Joghurt verschmähte sie nicht. Und dann nickte sie tatsächlich für ein paar Stunden ein.

Monas Blick war immer noch leicht verschleiert, als sie erwachte. Aber sie traute sich mittlerweile wieder zu, nicht gegen den nächsten Türpfosten zu laufen. Sie schaute aus dem Fenster auf die Nordsee hinaus. Inzwischen war es vollständig dunkel, man sah nur die Positionslaternen der in der Ferne vorbeifahrenden Schiffe.

Da ertönte ein Geräusch, das ihr bekannt vorkam.

Es war eine Blendgranate, die gezündet worden war. Und gleich darauf explodierte noch eine zweite.

Obwohl sich die Poliklinik weit entfernt von Wolters Ferienhaus befand, hatte Mona keinen Zweifel daran, dass genau dort die beiden Granaten zur Explosion gebracht worden waren. Das SEK setzte diese Schockgranaten gerne ein, um ein Gebäude zu stürmen. Die Explosionskörper machten durch ein sehr helles Licht und den lauten Knall einen Gegner kurzzeitig orientierungslos, die beste Voraussetzung, um ihn ohne Widerstand festnehmen zu können. Mona erhob sich von dem Krankenbett. Einen Moment lang spielte ihr Kreislauf verrückt, aber dann ging es besser. Auf schwankenden Beinen verließ sie das Zimmer.

„Wo wollen Sie denn hin?“, rief die Krankenschwester vom anderen Ende des Gangs aus.

„Ich bin schon wieder fit, die Pflicht ruft“, gab Mona zurück. Sie traute sich zu, auf ihren eigenen Beinen zum Ferienhaus Oostendarp zu gelangen. Aber ihre Ungeduld ließ sie eine andere Entscheidung treffen, als sie vor der Klinik eines der wenigen Borkumer Taxis sah. Sie warf sich auf die Rückbank.

„Moin, Freerk. Ich muss zur Geert-Bakker-Straße.“

Der Fahrer ließ sofort den Motor an.

„Klar, Mona. Hat es dort gerade so gewaltig gerummst? Ist dort etwas los?“

„Davon kannst du ausgehen.“

Sie fuhren los. Mona kannte die wenigen Taxifahrer der Insel alle namentlich. Jeder von ihnen hatte schon einmal Ärger mit Fahrgästen gehabt, woraufhin die Polizei einschreiten musste.

Im Handumdrehen hatten sie das Ferienhaus erreicht. Der laute Knall hatte natürlich sämtliche Nachbarn alarmiert. Sie standen nun neugierig hinter der Absperrung, die einige uniformierte Kollegen errichtet hatten. Sämtliche Räume des Ferienhauses Oostendarp waren hell erleuchtet. Mona erblickte die Kollegen vom SEK mit ihren Gesichtsmasken, Helmen und der Spezialausrüstung. Enno sprach mit einem von ihnen, offenbar dem Einsatzleiter. Mona stieg aus und eilte auf sie zu, ihr Partner stellte sie vor.

„Außer der Leiche konnten wir in dem Haus niemanden finden“, sagte der SEK-Kommandant.

„Eine Leiche?“ Monas Herz krampfte sich zusammen. Dann war also Nadja Brenner wirklich ermordet worden! Es war, als ob Enno ihre Gedanken gelesen hätte. Er schüttelte langsam den Kopf.

„Nein, Mona. Ich habe den Toten gesehen, es ist Wolter. Jemand muss ihn erstochen haben, als er nach der Attacke auf Dich zurück im Haus war.“

Kapitel 6

Am nächsten Morgen taten Monas Augen fast überhaupt nicht mehr weh. Enno hatte sie nach Hause gebracht, nachdem sie noch einen Blick auf den Ermordeten geworfen hatte. Wolter war von den SEK-Beamten auf dem Teppich seines Wohnzimmers gefunden worden. Ein Kampf hatte offenbar nicht stattgefunden. Man konnte also davon ausgehen, dass er seinen Mörder gekannt hatte. Während Mona sich Tee kochte und ihren Toast großzügig mit Gouda belegte, rief sie sich die Ereignisse des Vorabends noch einmal ins Gedächtnis zurück.

Nach dem Überfall auf Mona war Wolter offenbar zu seinem Ferienhaus zurückgekehrt, wo sein Mörder bereits auf ihn gewartet hatte. Oder war der Täter wenig später zu Besuch gekommen? Hatte es Einbruchspuren an dem Haus gegeben? Diese Fragen waren am Abend zuvor unbeantwortet geblieben. Nach Frühstück und Dusche radelte Mona zur Polizeistation. Dort wurden sie und Enno bereits von Oltbeck zur Lagebesprechung erwartet. Der Vorgesetzte warf Mona einen prüfenden Blick zu, nachdem sie Platz genommen hatte.

„Sie fühlen sich wieder dienstfähig, Frau Sander? Ich hörte von dem Angriff des später ermordeten Verdächtigen auf Sie."

„Es geht mir gut, Herr Hauptkommissar", versicherte Mona. Sie beglückwünschte sich innerlich dazu, dass sie selbst ein lückenloses Alibi für die Zeit zwischen Wolters Attacke und dessen Tod hatte. Ständig waren andere Menschen bei ihr gewesen. Erst die Rentner und Enno, später das Klinikpersonal. Ansonsten wäre vermutlich noch jemand auf die Idee gekommen, Mona den Mord an Wolter in die Schuhe zu schieben. Das hätte sie jedenfalls nicht gewundert. Oltbeck ergriff wieder das Wort.

„Sie schauen sich das Ferienhaus Oostendarp jetzt sofort noch einmal genau an. Ich habe ein Team der Spurensicherung angefordert, es wird mit der nächsten Fähre eintreffen. Wir haben immer noch keine Hinweise auf den Verbleib von Nadja Brenner, und das ist gar nicht gut. Gibt es jemanden, der ein Motiv für den Mord an Wolter hat?“

„Niemanden, außer mir selbst“, witzelte Mona düster. Darüber konnte ihr Chef nicht lachen. Er war sowieso nicht für seinen Humor bekannt.

„Befragen Sie die Nachbarn sowie weitere mögliche Zeugen“, fuhr Oltbeck fort, ohne auf Monas Worte einzugehen. „Die Geert-Bakker-Straße ist eine ruhige Wohngegend, vielleicht ging der Bluttat ein Streit voraus. Womöglich hat jemand etwas mitbekommen. Apropos: Ich erhielt vorhin einen Anruf vom kriminaltechnischen Labor. Das Blut auf dem Brautkleid stammt laut DNA-Abgleich wirklich von Nadja Brenner.“

„Das hatte ich befürchtet“, entgegnete Enno. „Wie sieht es mit Fremd-DNA aus?“

Der Hauptkommissar schüttelte den Kopf.

„Negativ.“

„Das wäre wohl auch zu schön gewesen“, meinte Mona. „Wir legen jetzt sofort los, falls es nicht noch Weiteres zu besprechen gibt.“

„Ich würde mich über konkrete Ergebnisse sehr freuen“, sagte Oltbeck zum Abschied und warf ihr einen flehenden Blick zu. Mona vermutete, dass er nach wie vor unter einem höllischen Druck stand.

Das Ferienhaus war als Tatort abgesperrt worden. Hinter dem Trassierband versammelten sich Nachbarn und Touristen. Ein Mord kam auf der friedlichen Urlauberinsel eher selten vor. Die Nachricht hatte sich während der Nacht wie ein Lauffeuer verbreitet, und natürlich standen auch schon neugierige Reporter parat. Mona verwies sie an die Pressestelle der Polizei. Sie hatte jetzt keine Zeit, um sich mit der Journaille herumzuärgern. Außerdem war die Faktenlage immer noch dürftig. Sie hatte das Gefühl, auf der Stelle zu treten.

Die Haustür wies Spuren der Stahlramme auf, mit der die SEK-Kollegen eingedrungen waren. Trotzdem konnte man deutlich erkennen, dass das Schloss von innen zugeschlossen worden war. Enno drehte langsam seinen mächtigen Schädel von links nach rechts.

„Entweder hat Wolter seinen späteren Mörder ins Haus gelassen oder er war schon drin. Entkommen ist er jedenfalls nicht durch die Tür, sondern durch eines der Fenster. Das SEK gibt an, dass zwei Fenster nur angelehnt waren, als sie das Haus gestürmt haben."

Mona nickte.

„Die Straßenbeleuchtung erfasst nur die Vorderfront. Es war schon dunkel, als Wolter erstochen wurde. Wenn der Mörder durchs Fenster sprang und sich durch den Garten verdrückt hat, dann wird ihn garantiert niemand bemerkt haben. Und die Mordwaffe hat er auch mitgenommen. Oder haben die Kollegen einen verdächtig aussehenden Gegenstand sicherstellen können?"

Enno schüttelte den Kopf.

„In der Küche sind natürlich jede Menge Messer vorhanden, aber die werden später von der Kriminaltechnik untersucht."

Mona nickte. Ihr war natürlich auch bekannt, dass sich selbst mikroskopisch kleine Blutrückstände mittels einer Mischung aus Luminol und Wasserstoffperoxid nachweisen ließen. Dennoch erschien es ihr unwahrscheinlich, dass der Täter ein Messer abgewischt und danach in die Besteckschublade zurückgelegt oder in den Block für die Steakmesser gesteckt hatte. Sie deutete auf die Stelle, wo

Wolters Leichnam gelegen hatte. Der Tote war inzwischen zur Obduktion fortgeschafft worden.

„Schau dir die Blutspritzer an, Enno. Der Täter muss unmittelbar vor Wolter gestanden haben, höchstens eine Armeslänge von ihm entfernt. Wahrscheinlich sogar näher."

„Was schlussfolgerst du daraus?"

Mona trat so nahe an ihren Kollegen heran, dass sie beinahe seinen nach vorne gewölbten Bauch berührte.

„Jeder Mensch hat eine persönliche Schutzzone und verspürt meist einen Widerwillen, wenn ihm andere Leute so nahe auf die Pelle rücken. Das lässt man sich eigentlich nur gefallen, wenn es nicht anders geht, beispielsweise in einem überfüllten U-Bahn-Zug."

„Oder auf der Borkum-Fähre, wenn alle möglichst schnell an Land wollen", erwiderte Enno grinsend. „Es sollte mir also unangenehm sein, wenn du mir so nahe kommst?"

Mona lachte und trat wieder zurück.

„Du weißt, was ich meine. Wolter hat den Täter nahe an sich herangelassen, weil er ihm vertraut war. Es könnte auch eine Frau gewesen sein, die zugestochen hat."

„Wolter war ungefähr 1,80 m groß. Angenommen, der Mörder war wirklich eine Frau. Dann wird der Eintrittswinkel der Waffe in den Körper von unten nach oben erfolgt sein. Die meisten Frauen sind kleiner als 1,80 m, wenn auch nicht so klein wie du."

„Ich hasse dich, aber ich gebe dir Recht", erwiderte Mona säuerlich grinsend. „Schauen wir doch mal, was die anderen Räume noch an Geheimnissen zu bieten haben. Was den Toten angeht, so müssen wir die Ergebnisse der Obduktion abwarten. Bisher ist die Sache mit dem Eintrittswinkel pure Spekulation."

Genau wie Enno hatte auch Mona Latex-Handschuhe übergestreift. Die Feinarbeit wollten sie der Spurensicherung überlassen. Aber sie mussten sich einen groben Überblick verschaffen. In der Küche ließen leere Whiskyflaschen und zahlreiche benutzte Gläser darauf schließen, dass Wolter Besuch gehabt hatte. Mona schnüffelte. Im Müll fanden sich Überreste von selbstgedrehten Zigaretten, die gewiss nicht nur Tabak enthalten hatten.

„Findest du nicht auch, dass es hier nach Dope riecht?"

„Ja, das stimmt. Aber Wolter hatte bestimmt keine Angst davor, wegen eines Joints von uns verhaftet zu werden."

„Das sehe ich auch so. Wir hätten das Haus auf den Kopf stellen sollen, dann würde der Dreckskerl vielleicht noch leben. Ich konnte ihn nicht ausstehen, aber den Tod hat er deshalb noch lange nicht verdient."

„Wenn wir uns hier ohne Durchsuchungsbeschluss umgesehen hätten, wäre das bei deiner Dienstaufsichtsbeschwerde nicht gerade hilfreich gewesen."

Mona seufzte, während sie von der Küche Richtung Schlafzimmer ging.

„Du bist immer so vernünftig, Enno. Das ist kaum zu ertragen. Hey, schau dir das an!"

Sie zeigte auf das breite französische Bett. Die Laken waren zerwühlt, außerdem konnte man die zahlreichen Flecken nicht übersehen. Enno kratzte sich im Nacken.

„Dort hat sich garantiert mehr als eine Person vergnügt."

„Ja, und was die getrieben haben, will ich gar nicht so genau wissen." Mona beugte sich tiefer über die Matratze. „Hier sind lange dunkle Haare, die garantiert nicht Wolter ausgefallen sind."

Enno kam ebenfalls näher.

„Sie könnten von der Braut stammen, oder von einer anderen Frau. Wir haben ja jetzt Nadjas DNA. Die Frage ist nur, ob sie sich Wolter freiwillig hingegeben hat oder nicht."

Mona nickte. Sie erinnerte sich an den Moment, als der Dreckskerl versucht hatte, ihre Jogginghose herunterzuziehen. Das hatte sie bisher noch niemandem erzählt, und sie wollte es auch nicht tun. Für sie war nur wichtig, dass Wolters Vorhaben gescheitert war. Laut sagte sie: „Blut ist auf den ersten Blick nicht zu entdecken, aber das muss nichts heißen. Da sollten wir auf die Analysen der Experten warten. Vielleicht kann Oltbeck ja etwas Dampf machen, damit wir uns nicht bis zum St. Nimmerleinstag gedulden müssen."

„Wenn dem Innenminister so sehr an der Aufklärung des Falls gelegen ist, dann wird er der Spurensicherung gewiss auch im Nacken sitzen." Ennos Optimismus war wieder einmal unerschütterlich, wie Mona fand. Sie öffnete den Kleiderschrank.

„Frauenklamotten sind hier nicht zu finden. Wenn Wolter Besuch von einer Frau hatte, dann ist sie nicht länger bei ihm geblieben."

„Nadja Brenner wird ja nicht viel angehabt haben, nachdem sie das Brautkleid am Tüskendörsee zurückgelassen hat."

Mona konnte ihrem Kollegen nur zustimmen.

„Irgendetwas passt hier überhaupt nicht zusammen, Enno. Was ist in diesem Haus passiert? Und wo ist die Braut, verflixt nochmal?"

„Lass uns doch mit den Nachbarn reden", schlug der Oberkommissar vor. „Hier kommen wir anscheinend nicht weiter."

Trotzdem checkten sie natürlich noch die weiteren Zimmer, sogar den Hauswirtschaftsraum und den Schuppen hinter dem Haus. Aber dort fanden sie keine weiteren Hinweise. Daraufhin versuchten sie gleich im Nachbarhaus auf der linken Seite ihr Glück. Die Besitzerin öffnete sofort die Tür, offenbar hatte sie schon auf den Besuch der Polizei gewartet.

„Moin, Enno! Da war ja mächtig was los nebenan. Ich dachte, mir fliegt das Dach weg, als deine Kollegen das Haus gestürmt haben."

Mona wunderte sich nicht darüber, dass die Frau ihren Partner kannte. Enno Moll war schließlich ein alteingesessener Borkumer. Enno stellte Mona vor, dann fragte er: „Kennst du diesen Mann, Silke?"

Er zeigte der Zeugin ein altes erkennungsdienstliches Foto von Wolter, das er sich ausgedruckt hatte. Auf dem Bild sah der Tote natürlich jünger aus, aber im Prinzip hatten sich seine Gesichtszüge kaum verändert. Die Nachbarin namens Silke nickte eifrig.

„Ja, das ist doch der junge Mann, der das Ferienhaus der Oostendarps gemietet hatte, nicht? Ist das ein Polizeifoto? War er ein Verbrecher? Wisst ihr schon, wer ihn umgebracht hat? Ganz Borkum redet seit gestern über nichts anderes mehr."

Das konnte Mona sich lebhaft vorstellen. Trotz gelegentlicher Schlägereien zwischen betrunkenen Touristen war die Insel insgesamt ein eher ruhiges Pflaster, jedenfalls im Vergleich zu den sozialen Brennpunkten von Hamburg oder Berlin. Enno nickte.

„Ja, der Name des Opfers lautete Benjamin Wolter. Über nähere Umstände seines Todes darf ich dir keine Auskunft geben, Silke. Lebte er allein in dem Haus oder bekam er Besuch? Von den Oostendarps habe ich schon erfahren, dass Wolter das Haus für sich allein nutzen wollte. Aber deshalb können ja trotzdem andere Personen bei ihm vorbeigeschaut haben."

Die Nachbarin legte nachdenklich ihre Stirn in Falten.

„So war das auch, Enno. Ich fand den jungen Urlauber ganz nett, ehrlich gesagt. Da konnte ich ja noch nicht ahnen, dass er ein Bandit war. Er ist doch kriminell gewesen, sonst hättet ihr ihn nicht in eurer Kartei, oder? Schon gut, du musst deine

Dienstgeheimnisse bewahren. Ich frage nicht weiter nach. Jedenfalls war der Mann sympathisch und grüßte auch immer auf der Straße. Er verhielt sich unauffällig. Aber der andere Kerl, der sich zu ihm geschlichen hat, war mir total unheimlich."

„Was für ein anderer Kerl?", hakte Mona nach. Sie hatte den Wortwechsel zwischen Enno und Silke bisher wortlos verfolgt, was für ihre Verhältnisse schon eine Leistung war. Die Nachbarin wandte sich ihr zu.

„So ein langhaariger schäbig aussehender Typ, Frau Kommissarin. Der passte einfach nicht auf diese Insel, wenn Sie verstehen, was ich meine. Er sah so aus, als ob er seit Tagen nicht geduscht hätte. Er trug dunkle Klamotten und versuchte, möglichst ungesehen zu bleiben. Das war jedenfalls mein Eindruck. Ich habe ihn zweimal gesehen, jeweils in der Dämmerung. Ich war mit meinem Hund draußen, sonst hätte ich ihn gar nicht bemerkt. Beim ersten Mal kam er von der Gartenseite und wurde von dem Ferienhausmieter durch die Terrassentür reingelassen. Beim zweiten Mal ist er durch die Haustür reingegangen. Aber auch da schaute er sich misstrauisch um und huschte hinein wie ein Dieb in der Nacht."

Monas Interesse war geweckt. Und ein Seitenblick auf Enno bewies ihr, dass es ihm genauso ging.

„Können Sie uns den Mann näher beschreiben?"

Nach Silkes Angaben war der Verdächtige ungefähr 1,80 m groß und schlank bis hager. Seine dunklen Haare wallten bis auf die Schultern hinab. Zu seiner Kleidung konnte sie außer der dunklen Farbe nichts Genaues sagen, bis auf ein wichtiges Detail: „Er trug schwarze Cowboystiefel, wahrscheinlich handgearbeitet."

Mona blinzelte misstrauisch.

„Und das wollen Sie erkannt haben, trotz der schlechten Sichtverhältnisse in der Dämmerung?"

Silkes Antwort klang beleidigt.

„Auf meine Augen kann ich mich verlassen, Frau Kommissarin! Außerdem kenne ich mich mit diesen verflixten Stiefeln aus. Als ich mal in Bremen gearbeitet hatte, war mein damaliger Freund in einer Line-Dance-Gruppe. Wissen Sie, was das ist?“

Mona schüttelte den Kopf.

„Das ist ein Gruppentanz, wo die Frauen und Männer sich in Linien oder Reihen aufstellen und zu einer Melodie tanzen, meistens Country-Music. Dazu passt dann auch die Kleidung“, erklärte Enno. Bevor Mona darüber nachdenken konnte, woher ihr Partner so etwas wusste, ergänzte Silke: „Richtig, und bei meinem damaligen Freund war das extrem. Er hatte ein Paar Stiefel, die in Arizona handgefertigt worden waren. So mit aufwändigen weißen Nähten, spitz zulaufend und stets auf Hochglanz poliert. Sie waren sein ganzer Stolz. Solche Cowboystiefel hatte dieser Langhaarige auch, mit dem Unterschied, dass seine abgetragen und schäbig aussahen. Damit passten sie zu seinem gesamten Erscheinungsbild.“

„Auf jeden Fall ist das ein wichtiger Hinweis, Silke“, sagte Enno. „Den Namen dieses Mannes hast du nicht zufällig aufschnappen können?“

Die Zeugin schüttelte den Kopf. Mona und Enno bedankten sich bei ihr und sprachen noch mit weiteren Einheimischen und Touristen, die in der unmittelbaren Umgebung wohnten. Einige von ihnen konnten sich ebenfalls an den Unbekannten erinnern und bestätigten Silkes Beschreibung mehr oder weniger genau. Aber keiner von ihnen hatte eine Frau bei Wolter ein- und ausgehen sehen.

„Es sieht so aus, als ob wir einen Hauptverdächtigen hätten“, stellte Enno auf dem Rückweg zur Polizeistation fest.

„Ja, das sehe ich auch so. Die Preisfrage lautet allerdings, ob sich unser Cowboystiefelfan noch auf Borkum befindet. Ich kann mir nicht vorstellen, dass so ein Typ gemeldet ist und brav seine Kurtaxe bezahlt hat. Vor allem dann nicht, wenn er so großen Wert darauf legte, nicht bemerkt zu werden. Aber wo hat er geschlafen?“

„Im Zweifelsfall bei Wolter, deshalb hat er sich auch in der Dämmerung ins Haus geschlichen. Aber was hat er tagsüber getrieben? Sicher können die Spezialisten auf dem Laken seine DNA sicherstellen, die Haare sind ja wahrscheinlich auch von ihm. Und mit etwas Glück hat der Verdächtige schon mal seinen genetischen Fingerabdruck irgendwo hinterlassen, so dass wir seine Identität klären können.“

Mona und Enno erstatteten ihrem Chef Bericht. Oltbeck wirkte erleichtert.

„Nun haben wir also einen Hauptverdächtigen! Aber Hinweise auf die vermisste Person konnten Sie noch nicht finden?“

Mona beantwortete die Frage: „Leider nein, Herr Hauptkommissar. Womöglich wird Nadja Brenner von dem Unbekannten gefangen gehalten. Ich glaube erst dann an ihren Tod, wenn ich die Leiche vor mir sehe. Ich kann mir auch nicht vorstellen, dass sie freiwillig ins Wasser gegangen ist. Eine Suizidabsicht passt nicht in das Bild, das ich von dieser Frau habe.“

Oltbeck nickte zerstreut.

„Es wäre wirklich gut, wenn wir Herrn Degner seine zukünftige Schwiegertochter unversehrt übergeben könnten. Die Suche unserer Kollegen von der Hundertschaft blieb in den Dünen leider erfolglos. Checken Sie alle leer stehenden Ferienunterkünfte. Womöglich hat sich der Täter mit seiner Geisel irgendwo gewaltsam Zutritt verschafft und wartet auf eine gute Gelegenheit, um eine Lösegeldforderung zu stellen.“

Das hätte er nach Monas Ansicht schon längst tun können. Aber sie schaffte es auch diesmal wieder, ihren vorlauten Mund zu halten. Ihre Karriere hing sowieso schon an einem seidenen Faden. Falls sie an der momentanen Aufgabe scheiterte, konnte sie sich wirklich auf eine Laufbahn als kleinste Türsteherin Ostfrieslands einstellen.

„Ich werde eine Großfahndung nach der verdächtigen Person veranlassen", kündigte Oltbeck an. „Dabei beziehen wir auch die holländischen Kollegen ein. Es könnte ja sein, dass sie die Insel schon verlassen hat, vielleicht mit der Fähre nach Eemshaven. Ich fordere Verstärkung vom Festland an, damit wir sowohl den Fährhafen als auch den Flugplatz überwachen können."

Kapitel 7

Während die Fahndung nach dem Unbekannten anlief, wurden die Spuren vom Tatort ins kriminaltechnische Labor geschafft. Mona erhoffte sich vor allem Erkenntnisse durch die Analyse der Flecken auf dem Bettlaken. Sie und Enno hatten von der Kurverwaltung eine Liste sämtlicher leer stehender Ferienobjekte auf der Insel bekommen. Es waren erstaunlich viele, da momentan in Nordrhein-Westfalen keine Schulferien waren. Borkum galt als eine der Lieblingsinseln für die Bewohner des bevölkerungsreichsten Bundeslandes.

Da es inzwischen schon Nachmittag war, konnten sie vor Einbruch der Dunkelheit nicht alle Objekte abklappern. Am späten Nachmittag machten sie im *Café Zur Heide* Pause, wo sich Enno außer dem Tee auch die Ostfriesentorte schmecken ließ. Mona rührte nachdenklich in ihrem Tee, obwohl man das nach ostfriesischer Tradition eigentlich nicht machen durfte.

„Woran denkst du, Mona?"

„Ich frage mich, aus welchem Grund Wolter sterben musste. Ob ich selbst die Ursache dafür war."

Enno hob seine buschigen Augenbrauen.

„Wie kommst du denn darauf?"

„Ganz einfach. Wolter hat mich spontan am Strand überfallen und ist dann abgehauen. Angenommen, er rennt zurück zum Ferienhaus und erzählt seinem Komplizen, was geschehen ist: *'Ich wollte diese Bullentussi plattmachen, aber dann kamen ein paar Rentner und haben mir die Tour vermasselt'*. Der andere Kriminelle erkennt im Gegensatz zu Wolter die Tragweite des Ereignisses. Er muss sich schleunigst aus dem Staub machen. Und Wolter hat durch sein Verhalten bewiesen, dass er seine Emotionen nicht im Griff hat. Also ersticht der Langhaarige seinen Kumpan, wodurch er sich gleichzeitig einen lästigen Mitwisser vom Hals schafft. Er flieht - und dann? Hat er Nadja in einem Versteck untergebracht? Oder lebt sie schon längst nicht mehr? An dieser Stelle komme ich nicht weiter mit meinen Überlegungen."

„Mach dich nicht verrückt, Mädchen", sagte Enno und legte beruhigend seine Pranke auf Monas Unterarm. „Dich trifft jedenfalls keine Schuld an Wolters Tod, falls du dir das einreden willst. Niemand hat den Kerl dazu gezwungen, dich zu attackieren. Die Braut ist der Schlüssel zu diesem Fall. Wenn wir sie finden - ob tot oder lebendig - dann haben wir ihn gelöst."

„Du hast ja Recht, Enno", murmelte Mona. „Und du bist übrigens der einzige Mensch auf der Welt, der mich 'Mädchen' nennen darf."

„Ich bin mir dieser Ehre durchaus bewusst."

Sie schauten sich nach der Pause noch einige weitere Häuser an, konnten aber nirgendwo Einbruchspuren oder andere Hinweise auf illegales Wohnen entdecken. Schließlich kehrten sie zur Wache zurück. Es hatte keinen Sinn, nach Einbruch der Dunkelheit weiterzusuchen. Die Außenbeleuchtung war nicht bei allen Häusern ausreichend, um Fußspuren oder andere verdächtige Hinweise zu entdecken.

„Gehst du noch nicht heim?", fragte Enno, als er seine alte abgeschabte Aktentasche packte.

„Doch, gleich. Ich will nur noch etwas aufräumen."

„Na dann, schönen Feierabend. Bis morgen, Mona."

Sie erwiderte den Gruß. Doch als ihr Partner gegangen war, griff Mona zum Telefon. Sie wusste noch viel zu wenig über die verschwundene Braut. Degner senior hatte also einen Privatdetektiv engagiert, um seiner zukünftigen Schwiegertochter auf den Zahn zu fühlen? Mona wollte eine andere Informationsquelle anzapfen. Und deshalb wählte sie die Nummer des Polizeipräsidiums in Düsseldorf.

Mona hatte Glück. Nach einigem Hin und Her bekam sie trotz der späten Stunde einen Kollegen an den Apparat, der Ben Wolter einmal höchstpersönlich verhaftet hatte.

„Kriminaloberkommissar Andreas Fassbinder."

Mona meldete sich ebenfalls mit ihrem Namen und Dienstgrad. Sie berichtete von ihrem aktuellen Fall auf Borkum und von Wolters Tod.

„So, Wolter wurde also erstochen? Das überrascht mich nicht. Ich hatte öfter mit diesem Täter zu tun. Mir war klar, dass er eines Tages entweder selbst lebenslänglich in eine JVA einfahren würde oder stirbt, weil er sich mit den falschen Leuten angelegt hat. Wolter hat nämlich Probleme mit der Selbstbeherrschung. Er hat mich selbst einmal körperlich angegriffen."

„Mich auch", bestätigte Mona.

„Ich hoffe, Sie haben nicht allzu viel abgekriegt."

„Ich lebe noch, sonst könnte ich wohl kaum mit Ihnen telefonieren."

Fassbinder lachte.

„Ihr Humor gefällt mir, Frau Sander. Falls ich meinen Urlaub einmal auf Borkum verbringen sollte, können wir uns ja vielleicht treffen."

„Von mir aus gerne. Allerdings erstaunt es mich, dass es Düsseldorfer gibt, die noch nicht auf unserer schönen Insel waren. Aber Scherz beiseite, ich rufe Sie heute hauptsächlich wegen Nadja Brenner an."

„Ich verstehe. Sie sagten vorhin, die Dame sei verschwunden? Wenn ich an Ihrer Stelle wäre, dann würde ich mich vor Nadja Brenner in Acht nehmen. Falls sie wieder auftaucht, dann könnte sie Ihnen weitaus mehr Schwierigkeiten machen als Wolter."

„Wie meinen Sie das? Soweit ich weiß, ist Nadja Brenner noch nicht einmal vorbestraft.“

Der Düsseldorfer Kollege lachte, als ob Mona einen Scherz gemacht hätte.

„Sicher, sie ist nicht vorbestraft. Und zwar deshalb nicht, weil wir ihr niemals etwas nachweisen konnten. Wolter und die Brenner waren in meinen Augen ein ganz ausgekochtes Betrüger-Duo.“

„Betrüger-Duo? Ich hatte bisher nur gehört, dass sie seine Exfreundin ist und durch Wolter in schlechte Gesellschaft geriet.“

Es entstand eine kleine Pause, bevor Fassbinder wieder das Wort ergriff.

„Ist Ihnen die Redewendung *Cherchez la femme* geläufig, Frau Kollegin?“

„Nicht wirklich. Klären Sie mich auf, Sie sind geografisch näher an Frankreich.“

„*Cherchez la femme* bedeutet wörtlich übersetzt: 'Sucht die Frau'. Die französische Polizei geht bei cleveren verbrecherischen Intrigen anscheinend davon aus, dass stets eine Frau dahintersteckt. So lautet jedenfalls die traditionelle Lesart.“

„Ich bin nicht sicher, ob ich das als Kompliment für mich und meine Geschlechtsgenossinnen werten soll. Sie wollen mir also zu verstehen geben, dass Nadja der Kopf des Duos Wolter-Brenner war oder ist?“

„Richtig. Wie gesagt, nachweisen konnten wir ihr nie etwas. Sie spielte immer das Unschuldslamm. Außerdem hat Wolter bei einigen Taten die Schuld auf sich genommen, obwohl meiner Meinung nach die Brenner dahintersteckte. Aber was wollen Sie machen, wenn Sie einen geständigen Verdächtigen haben? Der Staatsanwalt war immer begeistert, wenn er den Fall schnell zu den Akten legen konnte.“

„Das sind sehr nützliche Informationen, die Sie mir gerade geben. Könnte eigentlich aus dem Duo ein Trio geworden sein?“

Nachdem Mona diese Frage gestellt hatte, beschrieb sie den Unbekannten mit den Cowboystiefeln möglichst ausführlich. Fassbinders Stimme klang skeptisch.

„Also, ein Mann mit diesem Aussehen ist mir im direkten Umfeld von Wolter und der Brenner nicht untergekommen. So eine Person würde ich der Beschaffungskriminalität zuordnen. Dass Wolter und seine Freundin ebenfalls mit Drogen zu tun hatten, ist Ihnen aber bekannt?“

„Nein, das höre ich zum ersten Mal. Allerdings haben wir bei der Durchsuchung von Wolters Ferienhaus die Überreste einiger Joints gefunden, das würde also ins Bild passen. Es gab doch keine Verurteilungen im BtM-Bereich, oder?“

„Verurteilungen nicht, Frau Sander. Aber Wolter und die Brenner waren viel in der Düsseldorfer Partyszene unterwegs und haben fleißig chemische Drogen eingeworfen. Gedealt haben sie mit dem Zeug nie, falls unsere Ermittlungen nicht lückenhaft sind. Äußerlich war das Duo allerdings stets unauffällig, deshalb wundert mich die Verbindung zu einem so ungepflegten Menschen.“

„Mich wundert auch so manches an diesem Fall“, gab Mona zu. „Immerhin fällt der Verdächtige auf, weil er so heruntergekommen aussieht. Da ist die Wahrscheinlichkeit größer, dass sich Zeugen an ihn erinnern. Was halten Sie denn eigentlich von der geplanten Eheschließung zwischen Thomas Degner und Nadja Brenner?“

Der Düsseldorfer Kriminalist lachte.

„Als Sie mir vorhin davon erzählten, wäre ich beinahe vom Stuhl gefallen! Also, falls sich der Charakter dieser Frau nicht völlig verändert hat, dann sehe ich diese Hochzeit nur als ein kriminelles Manöver, um an das Geld des Schraubenkönigs zu kommen.“

„Dann ist Ihnen dieser Spitzname offenbar auch bekannt?"

„Gewiss, Arnold Degner gehört in unserer Gegend hier zu den bekanntesten Industriellen vom alten Schlag."

„Vom sehr alten Schlag", murmelte Mona.

„Wie bitte?"

„Nicht weiter wichtig. Sie haben mir sehr geholfen, Herr Fassbinder. Wenn ich Nadja Brenner finde, werde ich sie mir richtig zur Brust nehmen, das verspreche ich Ihnen."

„Dann drücke ich Ihnen die Daumen, Frau Kollegin. An dieser Frau hat sich schon mancher die Zähne ausgebissen. Wolter war für seine Freundin nur der Mann fürs Grobe. Ich glaube, dass er ihr hörig war."

Das Telefonat wurde beendet. Mona blieb noch einen Moment lang sinnierend mit dem Hörer in der Hand sitzen. Hörig? Sollte Wolter durch Nadja getötet worden sein, die ihn abservierte, nachdem er für sie wertlos geworden war? Aber wie passte der schäbige Drogenknabe in dieses Bild?

Monas Gedanken drehten sich nur noch im Kreis. Sie fuhr nach Hause und schlüpfte wieder in ihre Joggingklamotten. Es war schon stockdunkel, als sie mit ihrem Training begann.

Aber diesmal achtete sie darauf, nur an gut beleuchteten Straßen entlangzulaufen. Und sie nahm ihre Dienstwaffe mit. Immerhin war es möglich, dass sich Wolters Mörder noch auf der Insel befand.

Kapitel 8

Nach dem Joggen hatte sich Mona mit einem großen Glas Rotwein die passende Bettschwere angetrunken. Am nächsten Morgen wurde sie nicht durch ihren Wecker, sondern durch das Telefon aus dem Schlaf gerissen. Sie tastete nach ihrem Smartphone und nahm das Gespräch an. Panisch registrierte sie, dass Oltbeck am Apparat war. Ob sie den Dienstbeginn verschlafen hatte? Doch ihre Sorge war unbegründet.

„Es tut mir leid, Sie zu so früher Stunde zu stören, Frau Sander“, sagte der Hauptkommissar. „Aber es hat in Ihrem aktuellen Fall eine neue Entwicklung gegeben.“

„Wirklich, Herr Oltbeck?“, murmelte Mona. Sie warf einen Blick auf die Digitalanzeige ihres Weckers. Es war erst 6:11 Uhr. Nein, sie hatte wirklich nicht verpennt. Ihr Vorgesetzter fuhr fort, und die Stimme klang beinahe leidenschaftlich, jedenfalls für Oltbecks Verhältnisse.

„Ja, die niederländischen Kollegen haben sich gemeldet. Sie konnten nach unserer Fahndungsmeldung einen Verdächtigen festnehmen, auf den die Beschreibung der Zeugen perfekt passt. Sein Name lautet Daniel Haffner, er ist deutscher Staatsangehöriger. Sie können doch Holländisch, nicht wahr?“

„Es reicht jedenfalls, um ein *Pilsje* zu bestellen.“

Mona konnte schon wieder Scherze machen, aber ihr Vorgesetzter hatte seine Humorlosigkeit nicht verloren.

„Ich dachte mir, dass Sie gleich nach Eemshaven hinüberfahren könnten, um eine erste Vernehmung durchzuführen. Dann wird sich schnell feststellen lassen, ob die Holländer den richtigen Mann verhaftet haben. Falls das der Fall sein sollte, könnten wir uns gleich um ein Auslieferungsersuchen kümmern.“

„Ich verstehe, Herr Hauptkommissar.“

Wenn Mona die erste Fähre Richtung Holland noch erreichen wollte, musste sie sich beinahe schon beeilen. Sie versprach Oltbeck, nach ihrer Rückkehr sofort Bericht zu erstatten. Dann beendete sie das Gespräch, sprang aus dem Bett und duschte in Rekordzeit. Nachdem sie sich angezogen hatte, fuhr sie mit dem Fahrrad zum Fährhafen hinunter. Um diese Uhrzeit war die Insel noch still, und Nebel lag über den Wiesen links und rechts der Reedestraße. Das war ein sehr idyllischer Anblick, aber Mona war in Gedanken schon mit dem Verhör beschäftigt. Wenn jemand Licht in das Dunkel ihres Falls bringen konnte, dann war es dieser Daniel Haffner. Entweder war er der Mörder von Wolter oder ein wichtiger Zeuge. Und wahrscheinlich wusste er über das Schicksal der verschwundenen Braut Bescheid.

Völlig außer Atem rannte Mona über die Gangway, kurz bevor die Fähre ablegte. Zu dieser unchristlichen Zeit waren noch kaum Touristen auf dem Schiff, eher Berufspendler. Die Überfahrt dauerte 2 1/2 Stunden. Mona nutzte die Zeit für ein ausgiebiges Frühstück, das sie daheim hatte ausfallen lassen müssen. Danach ging sie auf Deck und ließ sich die Nordseebrise um die Nase wehen. Sie genoss den Ausblick auf die Wellen und die vorbeifahrenden Schiffe. Wieder einmal wurde ihr bewusst, dass sie auf einer herrlichen Insel lebte und dort arbeiten konnte, wo andere Menschen Urlaub machten.

Oltbeck hatte bereits angekündigt, dass sie auf dem Weg war. Daher wurde sie in Eemshaven erwartet, als die Fähre nach einer ereignislosen Überfahrt in Holland anlegte.

Der Fährhafen gehörte zum Polizeibezirk von Delfzijl. Brigadier Jan Bakker stand auf dem Pier und winkte ihr zu. Mona freute sich, den breitschultrigen Kollegen mit der hellblonden Kurzhaarfrisur wiederzusehen. Sie hatten schon öfter dienstlich miteinander zu tun gehabt und fanden einander sympathisch. Sie unterhielten sich in einer Mixtur aus Deutsch und Niederländisch miteinander und verstanden meistens, was der Andere sagen wollte.

„Hallo, Mona! Schön, dich mal wiederzusehen."

„Das finde ich auch, Jan. Allerdings bin ich nicht zu meinem Vergnügen hier, wie du weißt. Wie kam es dazu, dass ihr den Verdächtigen verhaften konntet?"

„Das war eigentlich kein Glanzstück polizeilicher Ermittlungsarbeit", feixte der Brigadier, während sie zu seinem Wagen gingen. „Zwei Kollegen vom Streifendienst bemerkten eine hilflose Person, als sie auf einer Routinepatrouille zwischen Eemshaven und Delfzijl waren. Der Mann lag auf einem Parkplatz. Als sie ihn sich näher anschauten, bemerkten sie die Übereinstimmung zwischen seinem Erscheinungsbild und eurer Fahndungsmeldung. Sie forderten eine Ambulanz an, und er wurde ins *Ziekenhuis* gebracht. Natürlich lasse ich ihn durch einen meiner Beamten bewachen."

„Dann fahren wir jetzt dorthin? Was haben die Ärzte gesagt?"

„Ja, ich chauffiere dich zum Hospital. Ich konnte noch nicht mit dem Doktor sprechen, weil der Verdächtige zunächst untersucht und behandelt wird. Er war nicht bei Bewusstsein, als meine Kollegen ihn fanden. Aber er hatte seinen deutschen Personalausweis bei sich. Daher kennen wir seinen Namen. Haffner ist übrigens auch in *Nederland* kein unbeschriebenes Blatt."

„Was hat er denn ausgefressen?"

„Immer wieder Drogendelikte, Beschaffungskriminalität, Widerstand gegen Vollstreckungsbeamte. Haffner bewegte sich während der letzten Jahre zwischen Amsterdam, Düsseldorf, der Küste sowie verschiedenen deutschen und holländischen Gefängnissen hin und her. Er ist ein kleiner

Fisch, von seiner Sorte gibt es hunderte oder tausende. Du kennst das doch, oder?“

„Ja, sicher. Vielleicht ist es einfach Pech für ihn, dass er plötzlich in einen Mord verwickelt wurde. Oder er hat selbst zugestochen.“

„An Gewaltbereitschaft mangelt es ihm jedenfalls nicht, wenn er zugedröhnt ist. Du kannst dir gern seine Akte zu Gemüte führen, Mona.“

„Das würde ich später wirklich gern tun. Wahrscheinlich gibt es auch eine deutsche Kriminalakte über ihn. Aber ich bin noch nicht dazugekommen, mich damit zu befassen. Mein Chef hat mich heute Morgen gleich Richtung Eemshaven gescheucht. Die Politik sitzt ihm im Nacken. “

Bakker grinste bitter.

„Ja, das ist bei uns genauso. Und wenn wir Rückendeckung gebrauchen könnten, werden wir im Regen stehen gelassen.“

Mona wurde von ihrem holländischen Kollegen zum *Delfzicht Ziekenhuis* gefahren, das sich an der Jachtlaan von Delfzijl befindet. Die Patienten konnten dort einen schönen Blick auf den Park und das Wasser genießen. Der Brigadier präsentierte beim Empfang seinen Dienstausweis und fragte nach Daniel Haffner. Daraufhin wurden er und Mona von einem Pfleger zur Intensivstation geleitet. Es dauerte noch einige Zeit, bis sie mit einem Arzt reden konnten. Dr. van Knipping war ein hagerer Glatzkopf, der zu Monas Erleichterung fließend Deutsch sprach. Das Kauderwelsch, mit dessen Hilfe sie und Bakker miteinander kommunizierten, war doch für schwierigere Sachverhalte weniger geeignet. Der Mediziner bat Mona und den Brigadier in sein Büro, dann kam er sofort zur Sache.

„Als der Patient hier eingeliefert wurde, war er bereits stark dehydriert. Er hat vermutlich längere Zeit nichts getrunken und außerdem stark geschwitzt, was eine Nebenwirkung seines Drogenkonsums sein dürfte. Außerdem hat er offenbar mehrfach erbrochen, bevor die Polizeistreife ihn gefunden hat. Darauf lassen Rückstände auf seiner Kleidung schließen. Die Herzrhythmusstörungen haben wir nun einigermaßen im Griff, außerdem verabreichen wir dem Mann Infusionen, um den Elektrolythaushalt seines Körpers wieder ins Lot zu bringen."

„Wann kann ich mit ihm sprechen?", fragte Mona. Der Arzt schaute sie an, als ob sie etwas unglaublich Dummes gesagt hätte.

„Ich bedauere, aber daran ist überhaupt nicht zu denken. Der Patient ist in ein Koma gefallen. Es lässt sich nicht prognostizieren, wann er aus diesem Zustand wieder erwacht. Oder ob das überhaupt der Fall sein wird. Doch selbst wenn es passieren sollte, bezweifle ich, dass Sie ein vernünftiges Gespräch mit ihm führen können. Das Problem bei diesen neuen chemischen Drogen ist die Dosierbarkeit. Der Patient hat offensichtlich eine sehr große Überdosis zu sich genommen. Sein Verstand dürfte einen irreparablen Schaden genommen haben. Falls er überlebt, wird er für den Rest seines Lebens ein Pflegefall bleiben."

Dr. van Knippings Worte waren für Mona niederschmetternd. Sie hatte so große Hoffnungen gehabt, endlich Licht in diesen mysteriösen Fall bringen zu können. Aber sie durfte jetzt nicht die Flinte ins Korn werfen. Deshalb zwang sie sich zu nüchternen Überlegungen.

„Könnten wir bitte wenigstens einen Blick auf Daniel Haffner werfen? Wir werden ihn auch bestimmt nicht ansprechen."

„Gewiss, das ist möglich."

Der Mediziner begleitete Mona und Bakker zu einem Raum, der durch eine Glasscheibe von einem Patientenzimmer getrennt war. Dort lag ein bleicher Mann in einem Krankenbett. In seinem linken Arm steckte eine

Nadel, die durch einen Schlauch mit einer Flasche Infusionslösung verbunden war. Außerdem hatte das Personal seinen Körper an diverse Geräte angeschlossen, die seine Vitalfunktionen überwachten. In diesem Moment konnte sich Mona wirklich nicht vorstellen, jemals ein Verhör mit diesem Häufchen Elend führen zu können. Ob Wolters Mörder in diesem Bett lag? Wenn sie schon nicht auf ein Geständnis hoffen konnte, würden vielleicht die Indizien Aufschluss geben. Sie wandte sich noch einmal an den Arzt.

„Könnten wir die Kleidung und die Gegenstände bekommen, die er bei sich hatte?"

„Ja, natürlich. Wir haben alles aufbewahrt."

Dr. van Knipping ließ durch eine Krankenschwester eine Plastiktüte bringen. Mona unterschrieb eine Quittung für Haffners Sachen. Dann verabschiedeten sie sich. Zuvor hatte der Mediziner Monas Visitenkarte bekommen. Er versprach, sie sofort anzurufen, falls sein Patient wider Erwarten doch zu sich kommen sollte.

Auf dem Parkplatz legte Bakker freundschaftlich einen Arm um Monas Schultern.

„Du siehst so aus, als ob du ein *Kopje Koffie* vertragen könntest. Darf ich dich ins Präsidium einladen? Ich könnte mir vorstellen, dass du auch die Beweisstücke sichten möchtest."

Mona nahm das Angebot gerne an. Im Auto breitete sich sofort der Gestank nach Erbrochenem aus, der immer noch in Haffners Kleidern hing. Zum Glück war es nicht weit bis zum *Politie Bureau Delfzijl* am Johan van den Kornputplein. Mona grinste schief, als sie ausstiegen.

„Du wirst dein Auto wahrscheinlich kräftig mit Raumspray behandeln müssen."

„Tja, das sind eben die Gefahren des Polizeiberufs."

Sie gingen in einen leeren Verhörraum, wo Mona sich Latexhandschuhe überstreifte und mit der Sichtung von Haffners Habseligkeiten begann. Die Cowboystiefel waren wirklich von hoher Qualität gewesen, als sie einst gefertigt worden waren. Man musste kein Schuhexperte sein, um das zu erkennen. Aber ihr Besitzer hatte sie nicht gepflegt, was auch auf den Rest seiner Kleidung zutraf. Mona fand ein Fährticket für die Überfahrt von Borkum nach Eemshaven. Es war am Vortag ausgestellt worden, Haffner hatte sich also zur Zeit des Mordes vermutlich auf der Insel aufgehalten. In einem Plastiktütchen entdeckte sie Pillen, für die es wahrscheinlich keinen Beipackzettel gab, weil sie nicht von einem offiziellen Pharmazeuten hergestellt worden waren. Außerdem stellte Mona noch 1050 Euro in bar sicher. An Geldmangel hatte Haffner vor seinem Tod also nicht gelitten. Sie fand auch eine Amsterdamer Hostelquittung, die einige Tage alt war. Dort hatte der Junkie offenbar gehaust, bevor er nach Borkum gereist war. Aber was hatte ihn zu der Fahrt bewogen? Worin bestand die Verbindung zwischen Haffner, Wolter und womöglich auch Nadja Brenner?

Natürlich befand sich auch ein Smartphone zwischen Haffners Sachen. Mona würde es der Kriminaltechnik überlassen müssen, den Code des Gerätes zu knacken. Solange das nicht geschehen war, konnte sie mit dem Telefon überhaupt nichts anfangen.

Bakker hatte ihr dabei geholfen, die Gegenstände durchzusehen. Nun schaute er sie fragend an.

„Wie wäre es jetzt mit einem Kaffee?“

Mona nickte dankbar. Sie gingen in den Aufenthaltsraum der Polizeiwache. In einer Arrestzelle sang ein Betrunkener laut und misstönend.

„Du hattest dir die Begegnung mit Haffner anders vorgestellt, nicht wahr?“

Mona nickte und trank einen Schluck von dem scharf gerösteten holländischen Kaffee.

„Ja, aber immerhin habe ich jetzt seine Sachen. Man könnte auch noch in diesem Amsterdamer Guest House nachforschen, ob Haffner dort auffällig in Erscheinung getreten ist."

„Wenn du willst, kümmere ich mich darum. Ich habe einen Freund bei der dortigen Polizei, der einen ganz guten Draht zu den meisten Hostels hat."

„Das wäre super."

Mona bekam nicht nur einen Kaffee, sondern auch einen Einblick in Haffners holländische Strafakte. Es waren typische Delikte des Drogenmilieus. Verbindungen zu Wolter konnte Mona noch nicht entdecken, wenn man von der gemeinsamen Geburtsstadt Düsseldorf absah. Ihre ganze Hoffnung ruhte nun auf dem Smartphone des Koma-Patienten. Sie wollte es so schnell wie möglich den Kriminaltechnikern zukommen lassen.

„Bringst du mich noch zur Fähre, Jan?"

„Klar, für dich tue ich doch alles."

Zum Abschied umarmte Mona ihren holländischen Kollegen. Sie hatte sich geschworen, niemals eine Affäre mit einem Polizisten anzufangen. Aber falls es doch einmal geschehen sollte, dann wäre Bakker gewiss ihr Traumkandidat. Während der Rückfahrt nach Borkum blätterte sie in ihrem Notizbuch und ging alle Aspekte des Falls noch einmal durch. Lag Wolters Mörder im Koma oder war er nach wie vor auf freiem Fuß? Mona bekam die Puzzleteile einfach nicht zusammen. Als die Fähre wieder in den Hafen einlief, klingelte ihr Handy. Sie nahm das Gespräch an. Enno war am Apparat. Er klang aufgeregt, was angesichts seines üblichen stoischen Gemütszustands ungewöhnlich genug war.

„Moin, Mona! Bist du noch in Holland? Oltbeck hat mir erzählt, dass er dich dorthin geschickt hat."

„Ich war in Eemshaven, aber wirklich gelohnt hat es sich nicht. Die Fähre legt gerade wieder in Borkum an. Weshalb fragst du?"

„Komm am besten sofort in die Dienststelle. Es gibt eine neue Entwicklung."

„Nämlich?"

„Lass dich einfach überraschen."

Mona hasste es, wenn sie im Unklaren gelassen wurde. Aber sie hakte nicht nach, denn lange musste sie bis zur Lösung des Rätsels ohnehin nicht warten. Die Fähre hatte soeben angelegt, und Mona hastete als eine der Ersten an Land. Sie radelte zur Strandstraße hinüber und platzte in die Polizeistation. Grietje Smit blickte auf.

„Sie sind alle im Chefbüro", sagte sie, bevor Mona etwas fragen konnte. Alle? Mona peste zu Oltbecks Arbeitszimmer hinüber, klopfte an und trat danach sofort ein. Dort erwartete sie eine Überraschung, mit der sie wirklich nicht gerechnet hatte. Denn außer dem Dienststellenleiter, Enno sowie Arnold und Thomas Degner war auch die verschwundene Braut Nadja Brenner anwesend!

Kapitel 9

Mona musste ziemlich verblüfft aus der Wäsche geschaut haben. Jedenfalls grinsten alle anderen Anwesenden, als ob sie gemeinsam auf ihre Kosten einen Streich ausgeheckt hätten. Nur Nadja lächelte nicht. Die Braut sah bleich und angespannt aus. Sie hatte eine Wolldecke um die Schultern gelegt, und Thomas Degner wich nicht von ihrer Seite. Mona musste zugeben, dass Nadja in Wirklichkeit noch viel attraktiver aussah als auf den Fotos, die sie bei der Vermisstenmeldung bekommen hatte. Der Sohn des Schraubenkönigs hatte wirklich einen guten Frauengeschmack, wenn man auf dunkelhaarige Grazien mit Modelmaßen stand. Und wenn man vor einer kriminellen Vergangenheit die Augen verschloss. Das war jedenfalls Monas Meinung. Einen Moment lang herrschte Schweigen, das endlich von Oltbeck gebrochen wurde.

„Ende gut, alles gut. So sagt man doch, nicht wahr?“

„Ja, so lautet die Redensart“, schnarrte Arnold Degner. „Aber Ihre Beamten haben sich bei der Lösung dieses Falles nicht gerade mit Ruhm bekleckert, Herr Oltbeck. Insbesondere Frau Sander hat von Anfang an keinen Finger gerührt, um meine zukünftige Schwiegertochter zu retten. Das wird noch ein Nachspiel haben, das garantiere ich Ihnen. Wenn Nadja nicht ganz von allein hier hereinmarschiert wäre, dann würden Ihre Leute vermutlich immer noch vergeblich nach ihr fahnden, wenn man das überhaupt so nennen kann.“

Mona kochte vor Wut.

„Es ist ja nicht so, dass wir Däumchen gedreht hätten! Ich komme gerade aus Holland, wo ein gewisser Daniel Haffner nach einer Überdosis Chemie-Drogen im Koma liegt. Kennen Sie den Mann, Frau Brenner? Groß, dunkelhaarig, ungepflegt, Junkie-Typ, hat er vielleicht etwas mit Ihrem Verschwinden zu tun?"

Mona wandte sich der Braut zu, die ihre Augen weit aufriss und hilfesuchend ihren zukünftigen Mann anschaute. Thomas Degner sprang sofort darauf an.

„Müssen Sie Nadja so anblaffen, Frau Kommissarin? Nach all dem, was sie durchgemacht hat?"

Mona versuchte, sich zusammenzureißen. Aber allein schon die Anwesenheit des Schraubenkönigs brachte ihr Blut zum Brodeln. Sie wusste schließlich genau, dass er ihre Karriere zerstören wollte.

„Wir haben immer noch einen Mord aufzuklären, Herr Degner", sagte Mona mit erzwungener Ruhe. „Ich freue mich, dass es Ihrer Braut offenbar gut geht. Allerdings könnte sie für uns eine sehr wichtige Zeugin sein. Bis jetzt weiß ich ja noch nicht einmal, unter welchen Umständen sie verschwunden ist."

Nadja drehte nun ihren Kopf in Monas Richtung. Sie schien sich dazu herablassen zu wollen, mit ihr zu reden.

„Ich hatte gerade mein Brautkleid anziehen wollen, als mein Exfreund Ben Wolter durch die offen stehende Terrassentür hereinkam. Er zwang mich mit vorgehaltener Waffe, das Kleid anzuziehen, er half mir sogar dabei. Ich nehme an, das fand er witzig. Dann drückte er mir die Mündung seiner Pistole in den Rücken. Ich stand Todesängste aus. Er schaffte mich querfeldein davon. Plötzlich bekam ich Nasenbluten, mein Kleid war völlig ruiniert. Da hatten wir schon das Ufer eines Sees erreicht. Ben sagte, dass wir mit einem blutigen Brautkleid zu viel Aufsehen erregen könnten. Ich musste es wieder ausziehen."

Mona blinzelte, und ihre Stimme verriet Skepsis.

„Also setzten Sie Ihren Weg unbekleidet fort? Ich würde meinen, dass Sie auf diese Weise noch viel auffälliger waren."

Die Braut schüttelte den Kopf.

„Nein, Frau Kommissarin. Ich war nicht nackt. Unter dem Kleid trug ich noch Slip und BH. Meine Unterwäsche hätte man aus der Entfernung auch für einen Bikini halten können."

Das klang einigermaßen plausibel, zumal der Fluchtweg das Paar durch eine sehr einsame Ecke Borkums geführt hatte. Es war jedenfalls nicht ungewöhnlich, dass eine Frau im Bikini durch die Dünen lief. Mona wollte einstweilen nicht weiter auf diesem Punkt herumhacken.

„Was geschah dann, Frau Brenner?"

„Ben brachte mich zu einem Ruderboot, in dem ich Platz nehmen musste. Wir fuhren auf die offene See hinaus. Ich weiß nicht, was er vorhatte. Ich war so ängstlich, dass ich mich nicht zu fragen traute. Plötzlich kam eine große Welle, und das Boot drohte zu kentern. Das war meine Chance. Ich sprang ins Wasser und schwamm zur Insel zurück."

„Hat Wolter nicht versucht, Sie einzuholen?"

„Das kann schon sein, Frau Kommissarin. Ich traute mich nicht, nach hinten zu sehen. Ich war verrückt vor Furcht. Als ich den Strand erreicht hatte, rannte ich weiter. Schließlich gelangte ich zu einem Haus und blieb dort völlig erschöpft liegen. Später merkte ich, dass es ein leer stehendes Ferienhaus war. Ein Fenster war nicht richtig verschlossen, also konnte ich dort eindringen. In diesem Haus versteckte ich mich, bis ich heute Morgen den Mut fasste, zur Polizei zu gehen."

„Das verstehe ich nicht, Frau Brenner. Warum sind Sie nicht schon vor Tagen zum Haus Ihres Schwiegervaters oder zum Hotel gegangen? So groß ist doch Borkum nicht.

Wollen Sie mir erzählen, dass Sie den Weg dorthin nicht gefunden haben?"

Mona hatte diese Frage kaum gestellt, als die Braut schon lautstark zu schluchzen begann. Nadja Brenner erlitt einen richtigen Weinkrampf, konnte sich gar nicht mehr beruhigen. Ihr Bräutigam nahm sie in die Arme, während Arnold Degner aufsprang und seinen Zeigefinger wie eine Waffe auf Mona richtete.

„Das reicht jetzt, Frau Sander! Sie sind meiner Meinung nach völlig ungeeignet für den Polizeidienst. Wie können Sie es wagen, mit einem verängstigten Verbrechensopfer in dieser Art und Weise zu sprechen? Ich werde dafür sorgen, dass Sie niemandem mehr gefährlich werden können!"

Und als ob das nicht schon gereicht hätte, gab nun auch noch Oltbeck seinen Senf dazu.

„Jetzt sind Sie wirklich ein wenig über das Ziel hinausgeschossen, Frau Sander."

„Meine zukünftige Schwiegertochter wird jetzt zunächst von einem Mediziner meines Vertrauens untersucht", kündigte der Schraubenkönig mit etwas ruhigerer Stimme an. „Und ich werde einen Anwalt beauftragen, der dafür sorgt, dass Nadja nicht noch einmal durch diese unmögliche Person verhört wird. Nicht, wenn ich es irgendwie verhindern kann."

„Das können Sie bestimmt!", höhnte Mona. „Mit Geld kann man doch alles kaufen, nicht wahr?"

Sie wartete nicht ab, ob Arnold Degner ihr eine Antwort gab. Mona verließ das Büro und knallte die Tür lautstark hinter sich zu.

Kapitel 10

„Es gibt eine gute und eine schlechte Nachricht."

Das waren die Worte, die Enno am nächsten Morgen zur Begrüßung an Mona richtete. Sie trafen sich in ihrem gemeinsamen Büro, nachdem Mona am Vorabend noch ein riesiges Donnerwetter von ihrem Vorgesetzten über sich hatte ergehen lassen müssen. Immerhin war es ihr gelungen, die Beweisstücke aus Holland zur kriminaltechnischen Untersuchung schicken zu lassen. Allerdings bezweifelte sie inzwischen, ob außer ihr noch jemand an der Wahrheitsfindung interessiert war.

Mona lächelte säuerlich und lehnte sich in ihrem Bürostuhl zurück.

„Dann fang mal mit der guten Nachricht an, Enno. Das kann ich nach dem gestrigen Tag wirklich gebrauchen."

Der Oberkommissar setzte sich und faltete seine großen Pranken auf der Schreibtischunterlage.

„Die gute Nachricht lautet, dass ich auf deiner Seite bin, Mona. Ich halte Nadja ebenfalls für ein hinterhältiges falsches Früchtchen, das alle Männer um den Finger wickelt. Oder zumindest die meisten."

Mona fühlte sich, als ob ein Ziegelstein quer in ihrer Kehle sitzen würde. Sie war sehr gerührt, weil sie schon geglaubt hatte, ganz einsam und verlassen zu sein. Auf Enno war Verlass. Wenn er sagte, dass er zu ihr hielt, meinte er das auch ernst.

„Danke, Enno. Und wie lautet die schlechte Nachricht?"

„Der Schraubenkönig lässt heute einen Star-Anwalt einfliegen, einen gewissen Dr. Richard Tönnes. Er soll anwesend sein, während ich Nadja befrage. Ich bin froh, dass ich überhaupt mit ihr reden darf."

„Ja, man muss auch für Kleinigkeiten dankbar sein“, knurrte Mona. „Ist diese falsche Schlange schon medizinisch untersucht worden?“

„Das ist noch gestern Abend geschehen.“

„Ich bin gespannt, ob man dir die Ergebnisse mitteilt. Und vor allem, ob ihr freiwilliger oder erzwungener Geschlechtsverkehr nachgewiesen werden kann. Falls ihre Lügengeschichte stimmen sollte, dann hat sie sich allein in einem Ferienhaus verkrochen und weder mit Wolter noch mit Haffner in dem Oostendarp-Haus Sex gehabt.“

„Auf diese Aussage bin ich auch gespannt. Außerdem will ich herausbekommen, in welchem leer stehenden Ferienhaus sie sich aufgehalten hat. Wir müssen versuchen, ihre Glaubwürdigkeit zu erschüttern. Eine andere Chance haben wir nicht. Nadjas Angaben müssen durch harte Fakten widerlegt werden.“

Wenig später verabschiedete sich Enno, um Nadja zu verhören. Das Treffen sollte im Ferienhaus des Schraubenkönigs stattfinden. Mona war von Oltbeck ausdrücklich verboten worden, daran teilzunehmen. Sie hatte ausnahmsweise nicht aufgemuckt. So wie die Dinge lagen, konnte sie froh sein, überhaupt noch an dem Fall weiterarbeiten zu dürfen. Und das wollte sie ausnutzen. Während Ennos Abwesenheit blieb sie nicht untätig und überprüfte, ob Wolter wirklich auf Borkum ein Boot gekauft oder gemietet hatte. Sie kam schnell zu einem Ergebnis: Zwei Tage vor dem geplanten Hochzeitstermin war Wolter stolzer Besitzer eines gebrauchten Ruderboots geworden, das er bar bezahlt hatte. Mona runzelte die Stirn, während sie sich die Details notierte.

Stimmte Nadjas Story nun doch, jedenfalls in diesem Punkt? Hatte Wolter vorgehabt, sie auf eine andere Insel zu schaffen, beispielsweise auf das unbewohnte Vogel-Eiland Memmert? Oder auf das holländische Rottumeroog, das westlich von Borkum lag und auf dem ebenfalls kein Mensch lebte? Nein, das ergab keinen Sinn. Mit einem Ruderboot war das auch schlecht möglich, dafür waren die Inseln doch zu weit entfernt. Mona ging nach vorn und wandte sich an ihre uniformierte Kollegin.

„Grietje, ist uns in den letzten Tagen ein herrenloses Ruderboot gemeldet worden?"

Die blonde Frau in der blauen Uniform schüttelte den Kopf.

„Nein. Ich kann aber bei der Küstenwache nachfragen, falls ein Boot treibend aufgebracht wurde."

„Ja, das wäre super."

Mona überlegte. Nadja war tatsächlich zum Strand gegangen, dort hatte der *Mantrailer* ihre Spur verloren. Also war sie wirklich in ein Boot gestiegen. Aber wenn sie nun einfach an einer anderen Stelle auf Borkum wieder an Land gegangen war? Wenn sie die kleine Bootstour nur gemacht hatte, um ihre Spur zu verwischen? Mona hielt Nadja für sehr clever. Ihr Düsseldorfer Kollege war ja ebenfalls der Meinung gewesen, dass sie der Kopf des kriminellen Duos Wolter-Brenner gewesen war. Nadja konnte sich denken, dass die Polizei nach ihr suchen würde. Wenn sich ihre Spur zunächst an der Wasserlinie verlor, dann wurde dadurch ihre Geschichte untermauert.

Ob Nadja ihren Exfreund erstochen hatte?

Aber wie passte der Junkie in dieses Bild? War Haffner vielleicht ein neuer Liebhaber dieser falschen Schlange? Hatte er aus Eifersucht Wolter erledigt? Aber weshalb war Nadja so lange untergetaucht? Fürchtete sie sich vielleicht gar nicht vor Wolter, sondern vor Haffner? War sie Zeugin des Mordes geworden? Auch diese Version war in sich schlüssig, aber Mona kam der Wahrheit nicht näher. Sie benötigte mehr Fakten, um sich für eine Version entscheiden zu können. Von Nadja konnte sie jedenfalls keine Ehrlichkeit erwarten.

Mona genehmigte sich eine Mittagspause und ging hinüber ins Inselcafé, um sich einen Pfannkuchen zu gönnen. Mit vollem Magen konnte sie besser denken. Als sie zur Polizeistation zurückkehrte, erschien auch Enno wieder auf der Bildfläche.

„Nun, was hat sie gesagt?“

Monas Eifer war kaum zu bremsen. Ihr Partner ließ sich schnaufend auf seinen Stuhl fallen.

„Dieser Anwalt ist wirklich die Pest! Ein Gespräch mit Dr. Tönnes ist anstrengender als zwei Stunden Ringertraining. Der Kerl legt jedes Wort auf die Goldwaage und er schafft es wirklich, Druck aufzubauen.“

Mona schaute ihren Kollegen prüfend an. Enno war in ihren Augen ein sehr ausgeglichener Mensch, der viel Diensterfahrung hatte und sich nicht so leicht ins Bockshorn jagen ließ. Wenn er unter diesem Juristen zu leiden gehabt hatte, dann wollte das schon wirklich etwas heißen. Sie konnte sich so ungefähr vorstellen, wie Dr. Tönnes mit ihr umgesprungen wäre. Und Mona wäre ihm vermutlich ins offene Messer gelaufen, weil sie ihre Gefühle so schlecht unter Kontrolle hatte.

„Wie wäre es mit einem Tee?“, fragte sie mitfühlend. Enno nickte dankbar. Sie flitzte los und besorgte gleich eine ganze Kanne. Als Enno einige Schlucke vom Lebenselixier aller Ostfriesen zu sich genommen hatte, ging es ihm sofort sichtbar besser.

„Nadja ist medizinisch durchgecheckt worden. Körperlich fehlt ihr nichts, abgesehen von einem allgemeinen Erschöpfungszustand.“

„Keine offenen Wunden?“

„Davon war in dem Gutachten keine Rede, Mona.“

„Also hatte sie wirklich Nasenbluten, denn irgendwie muss ihr Blut ja auf das Kleid gekommen sein. Ich hatte auch schon an ihre Regelblutung gedacht, aber dann wären die Flecken wohl kaum oben auf dem Brustteil des Kleides."

„Das sehe ich auch so. Als ich das Thema Geschlechtsverkehr erwähnt habe, wäre mir der Anwalt beinahe mit dem nackten Hintern ins Gesicht gesprungen. Angeblich hat sich da nichts abgespielt. Ich bin mir allerdings nicht sicher, ob Nadja überhaupt diesbezüglich untersucht wurde. Das wäre bei einem Check-up durch einen Amtsarzt anders gewesen."

„Hauptsache ist, dass sie den Sex mit Wolter oder Haffner leugnet. Falls wir ihr nämlich dank der Indizien das Gegenteil beweisen können, ist sie als Lügnerin entlarvt. Hat sie übrigens zugegeben, Haffner zu kennen?"

„Nein, das nicht. Nadja will auch niemals bei Wolter in der Geert-Bakker-Straße gewesen sein."

„Gibt sie den Drogenkonsum zu?"

„Nadja hat eingeräumt, während ihrer Beziehung mit Wolter Drogen genommen zu haben. Sie stellte es so dar, dass er sie dazu verleitet hätte. Und ihr Bräutigam und ihr zukünftiger Schwiegervater haben ihr natürlich jedes Wort geglaubt. Und die Braut behauptet, seit Jahren clean zu sein. Das ist übrigens eine mögliche Erklärung dafür, dass sie sich einige Tage lang verkrochen hat. Nadja konnte sich denken, dass sie nach ihrer Rückkehr ärztlich untersucht werden würde."

„Ah, ich kapiere! Wenn sie beispielsweise Speed oder Ecstasy genommen hat, dann lässt es sich nur für 24 Stunden im Blut und für maximal vier Tage im Urin nachweisen. Sie hat sich erst der Polizei gestellt, als sie davon ausgehen konnte, dass ihr Drogenkonsum unentdeckt bleiben würde."

„Ja, diese Frau ist wirklich gerissen, Mona. Aber ich verstehe immer noch nicht, aus welchem Grund sie vor der

Hochzeit abhaut, sich dann tagelang verkriecht und schließlich zurückkehrt."

„Meiner Meinung nach gibt es zwei Möglichkeiten. Entweder ist Nadja die Mörderin ihres Exfreundes oder sie ist die einzige Mordzeugin. Sie leugnet natürlich, Haffner gekannt zu haben. Vielleicht glaubte sie, er wäre ebenfalls tot. Sonst hätte sie ja immer Angst haben müssen, dass durch ihn die Wahrheit ans Licht kommt."

Enno schüttelte den Kopf.

„Aber wie konnte sie sich dessen sicher sein?"

Mona schnippte mit den Fingern.

„Weil Nadja den Junkie höchstpersönlich vergiftet hat. Diese Überdosis, Enno - Haffner konsumiert seit Jahren Drogen. Er ist ein alter Hase. So jemand würde nicht überleben, wenn er nicht einen Rest an Vorsicht hätte. Aber wenn Nadja ihm ein paar Pillen zusätzlich unterjubelt, dann kollabiert sein Körper. Er muss noch nicht einmal sterben. Es reicht völlig aus, wenn er nie wieder aus dem Koma aufwacht. Und jeder würde denken, dass der Junkie sich die Überdosis selbst einverleibt hat."

„Okay, das leuchtet mir ein. Aber ich verstehe immer noch nicht, weshalb sie vor der Hochzeit verschwunden ist. Was für ein Sinn steckt dahinter?"

„Das habe ich auch noch nicht kapiert, Enno. Und dann ist da dieses Nasenbluten. Hattest du den Eindruck, sie wäre geschlagen worden?"

„Nein, das nicht. Du hast sie doch gestern selbst gesehen, wenn auch nur kurz."

„Ja. Ich werde mal einen Doc fragen, was für Gründe es dafür geben könnte. Wo will sich Nadja eigentlich während der letzten Tage verkrochen haben?"

„In einem Ferienhaus, das in der Gödeke-Michel-Straße steht. Es befindet sich auf unserer Liste, wir haben es aber noch nicht überprüft."

„Dann sollten wir das dringend nachholen, Enno. Will unser Unschuldslamm eigentlich noch länger auf der Insel bleiben?“

„Ja, auf jeden Fall. Die Hochzeit ist zwar geplatzt, sie wollen aber schnellstmöglich einen neuen Termin anberaumen.“

Sie fuhren in die Gödeke-Michel-Straße, die sich nicht weit von Wolters ehemaligem Domizil befand. Diese Tatsache bewies noch nichts, denn auf Borkum gab es ohnehin keine wirklich großen Entfernungen. Aber falls Nadja wirklich ihren Exfreund erstochen hatte, konnte sie vom Tatort innerhalb weniger Minuten in die Gödeke-Michel-Straße gelangt sein. Mona und Enno hatten sich mit der Vermieterin vor dem Haus verabredet. Sie wohnte im Süden der Insel und besaß mehrere Ferienhäuser. Die Aufregung darüber, in einen Kriminalfall verwickelt zu sein, war ihr deutlich anzusehen.

„Moin“, sagte Enno, gab der Vermieterin die Hand und stellte Mona vor. „Es ist gut, dass du noch nicht reingegangen bist.“

„Ja, das kenne ich doch aus dem Fernsehen. Ich weiß doch, dass man nichts anrühren darf, bevor die Polizei eingetroffen ist.“

Enno deutete auf eines der Fenster.

„Dort ist die Person eingedrungen, siehst du? Das Fenster ist nicht optimal gesichert. Man braucht noch nicht einmal Einbruchwerkzeug, um es aufzukriegen.“

Die Vermieterin nickte, sie wirkte zerknirscht.

„Ja, das ist mir nun auch klar. Aber auf Borkum macht man sich darüber so wenig Gedanken, weil hier kaum etwas passiert. Hängt der Einbruch mit dem Mord in der Geert-Bakker-Straße zusammen?“

„Das wissen wir noch nicht“, sagte Mona ausweichend.

Sie betraten das Haus, in dem sich Nadja Brenner versteckt gehalten hatte. Im Mülleimer lagen mehrere leere Konservendosen. Kaffeepulver und Tee waren vorhanden. Hunger und Durst waren für die Verdächtige also keine Probleme gewesen. Mona hatte sich Latex-Handschuhe übergestreift, genau wie auch Enno es getan hatte. Eines der Schlafzimmer war benutzt worden, das Bett war nicht gemacht. Mona öffnete den Kleiderschrank.

„Was für Kleidung trug Nadja eigentlich, als sie aufs Revier kam?"

Enno grinste.

„Einen Ostfriesennerz, darunter hatte sie nur Unterwäsche an. Wir haben dann gleich den Schraubenkönig angerufen, der herbeigeeilt kam und auch Klamotten seiner zukünftigen Schwiegertochter mitbrachte."

Mona nickte.

„In dieser Hinsicht ist Nadjas Story schlüssig. Den Ostfriesennerz wird sie sich hier ausgeborgt haben."

„Das stimmt", mischte sich die Vermieterin ein. „Hier hängt normalerweise eine Öljacke, die meine Mieter benutzen dürfen, falls sie ihr eigenes Regenzeug daheim vergessen haben. Das Wetter kann ja auf Borkum schnell umschlagen."

Mona durchstreifte sämtliche Räume, konnte aber nichts Verdächtiges entdecken. Hatte sie wirklich gehofft, hier die Mordwaffe zu finden? Nadja war clever, sie würde das Messer bestimmt nicht aufbewahrt haben.

Mona fragte sich, ob die Braut nicht doch unschuldig sein konnte. Ob Haffner vielleicht wirklich Wolters Mörder war?

„Das Haus wird noch kriminaltechnisch untersucht, danach kannst du es wieder vermieten", sagte Enno, als sie sich wenig später von der Vermieterin verabschiedeten. Sie gingen zum Auto. Mona massierte nachdenklich ihren Nacken.

„Man bekommt doch nicht aus heiterem Himmel Nasenbluten, oder?“

„Eigentlich nicht, aber meine medizinischen Kenntnisse halten sich in Grenzen.“

„Meine auch. Ich werde einen Arzt fragen.“

„Gute Idee, Mona. Ich werde währenddessen die Nachbarschaft abklappern. Vielleicht hat ja doch jemand Nadja in Gesellschaft von Haffner oder Wolter gesehen. Wir brauchen jeden Zeugen, den wir kriegen können.“

Das sah Mona genauso. Sie fuhr zum Fachklinikum Borkum. Dort gelang es ihr ziemlich schnell, Auskunft von einem Mediziner zu bekommen.

„Nasenbluten kann vielfältige Ursachen haben. Außer direkter Gewaltanwendung kommt beispielsweise ein Tumor in den Nasennebenhöhlen in Frage. Auch zu trockene Klimaanlagenluft kann zu Nasenbluten führen. Außerdem ist es ein Symptom für ganz unterschiedliche Krankheiten, wie etwa Typhus, Diabetes mellitus, Skorbut oder Drogenmissbrauch ...“

Mona hakte nach.

„Was ist denn Skorbut?“

„Eine Krankheit, die auf Vitamin-C-Mangel zurückzuführen ist. Sie trat in früheren Jahrhunderten häufig auf Seeschiffen auf, wenn die Ernährung monatelang nur aus Zwieback oder anderen vitaminarmen Lebensmitteln bestand. Skorbut ist heutzutage in Mitteleuropa ausgerottet.“

„Im Gegensatz zu Drogenmissbrauch“, meinte Mona trocken. Nadjas Nasenbluten war natürlich noch kein Beweis dafür, dass sie nach wie vor illegale Substanzen einwarf. Aber Mona hatte immerhin ein weiteres Puzzlestück entdeckt, mit dessen Hilfe das Bild von Nadja Brenner immer plastischer wurde.

Kapitel 11

Als Mona und Enno sich in der Polizeistation wieder trafen, rief Jan Bakker aus Holland an. Mona nahm das Gespräch aufgeregt entgegen.

„Was gibt es Neues, Jan?“

„Nicht viel, fürchte ich. Immerhin konnte mein Freund in Amsterdam einige Informationen über Haffner beschaffen. Oder vielleicht sollte ich lieber von Gerüchten aus dem Rotlichtmilieu sprechen.“

„Schieß los, ich bin auch für Kleinigkeiten dankbar.“

„Sehr gerne, Mona. Also, Haffner stand bei einigen Dealern in der Kreide. Du weißt wahrscheinlich, dass diese Typen keine Gnade kennen, wenn es um Geld geht. Aber plötzlich hatte er 1000 Euro, mit denen er die Kerle besänftigen konnte. Er versprach ihnen hoch und heilig, demnächst das restliche Geld rüberwachsen zu lassen. Er wäre für ein größeres Ding angeheuert worden, danach würde er in Euros schwimmen. Er tat sehr geheimnisvoll. Und dann verschwand er Hals über Kopf aus Amsterdam, vor ungefähr zehn Tagen.“

„Und landete schließlich vollgekotzt und bewusstlos in Delfzijl, nachdem er zuvor auf Borkum gewesen war“, ergänzte Mona. „Damit hast du mir schon mal weitergeholfen, Jan. Ich danke dir.“

„Gern geschehen. Ich hoffe, wir sehen uns bald wieder.“

„Das könnte passieren.“

Mona beendete das Telefonat. Enno blinzelte ihr verschwörerisch zu. Da der Lautsprecher eingeschaltet gewesen war, hatte er das Gespräch mitgehört.

„Läuft da was zwischen euch?“

Mona errötete, was eigentlich überhaupt nicht ihre Art war.

„Das geht dich überhaupt nichts an, finde ich. Und was sagst du zu Jans Information?“

Enno verschränkte seine großen Finger ineinander.

„Sie passt ins Bild. Haffner ist in Schwierigkeiten, jammert seinem Freund Wolter die Ohren voll ...“,

„... der ihm Geld schickt, weil er einen zuverlässigen Komplizen braucht“, ergänzte Mona.

„Wenn du mich fragst, dann wollte dieses saubere Trio Nadjas Kidnapping inszenieren, um den alten Degner auszunehmen wie eine Weihnachtsgans. Aber dann ging die Sache aus irgendeinem Grund schief.“

Enno nickte.

„Ja, so könnte es gewesen sein. Aber ohne Nadjas Geständnis oder Haffners Erwachen aus dem Koma werden wir das schlecht beweisen können.“

„Vergiss die Indizien nicht - falls die Kriminaltechnik mal in die Hufe kommt“, murrte Mona. Aber sie wusste natürlich auch, dass die Forensiker mehr als genug zu tun hatten. Kriminaltechnische Analysen innerhalb weniger Stunden gab es nur in TV-Serien, nicht in der Wirklichkeit. Daher waren sie noch nicht wirklich weitergekommen, als sie Feierabend machten. Mona stieg auf ihr Fahrrad und düste die Neue Straße hinauf, als sie plötzlich Arnold Degner aus dem Standesamt kommen sah. Er wandte ihr den Rücken zu und ging in die andere Richtung.

Wahrscheinlich war es ein Fehler, ihn anzusprechen. Aber Mona stach der Hafer. Sie holte ihn ein, stieg von ihrem Rad und klingelte. Der Schraubenkönig zuckte zusammen. Dann wandte er sich ihr zu und starrte sie entgeistert an.

„Frau Sander! Sind Sie von allen guten Geistern verlassen, mich so zu erschrecken? Was tun Sie denn hier? Stalken Sie mich neuerdings auch noch? Das würde zu dem Bild passen, das ich von Ihnen habe.“

Mona grinste.

„Nein, Sie sind so überhaupt nicht mein Typ. Es ist reiner Zufall, dass ich hier vorbeigekommen bin. Ich habe nämlich gerade Feierabend."

Degner kniff die Augen zusammen.

„So, Feierabend also. Dann genießen Sie ihn, solange Sie noch bei der Polizei arbeiten. Lange wird das nicht mehr sein, wenn es nach mir geht."

Mona ließ sich nicht einschüchtern.

„Ich weiß ja, dass Sie nicht zu meinem Fanclub gehören. Damit kann ich leben. Aber wissen Sie, was ich nicht verstehe? Ich glaube Ihnen, dass Sie Ihren Sohn lieben. Sie wollen ihm jeden Wunsch erfüllen, das ist offensichtlich. Aber ich kann mir nicht vorstellen, dass Sie eine Kriminelle als Schwiegertochter haben wollen."

Wenn Blicke töten könnten, wäre für Mona jetzt jede Hilfe zu spät gekommen.

„Zum letzten Mal, Frau Sander: Nadja wird gut in meine Familie aufgenommen werden. Ich habe nichts gegen sie."

„So? Und weshalb haben Sie ihr dann einen Privatschnüffler auf den Hals gehetzt? Das sagten Sie jedenfalls zu meinem Kollegen. Oder entsprach diese Behauptung nicht der Wahrheit?"

„Es geht Sie zwar nichts an, aber das habe ich tatsächlich getan. Ich wollte, dass der Detektiv Fakten über meine zukünftige Schwiegertochter sammelt. Dabei sind einige unschöne Dinge ans Tageslicht gekommen. Aber ich finde, jeder Mensch hat eine zweite Chance verdient. Oder geht das nicht in Ihren sturen Beamtenschädel?"

Mona beantwortete die Frage nicht. Stattdessen zog sie ihr Smartphone aus der Tasche und zeigte Arnold Degner ein erkennungsdienstliches Foto von Haffner, das sie sich heruntergeladen hatte.

„Ist Ihnen diese Person schon einmal begegnet, womöglich in der Nähe Ihres Ferienhauses?"

Der Schraubenkönig zog die Augenbrauen zusammen.

„Nein, daran würde ich mich erinnern. Wer ist dieser Kerl? Er sieht aus wie eine von den Gestalten, die vor dem Düsseldorfer Hauptbahnhof Kleingeld schnorren."

„Sein Name lautet Daniel Haffner. Er ist ein Kleinkrimineller aus der Drogenszene, war unter anderem mit dem Exfreund Ihrer Schwiegertochter *in spe* hinter schwedischen Gardinen."

Arnold Degner lachte ohne Humor.

„Ich verstehe, was Sie mir damit sagen wollen, Frau Sander. Ich bin ja schon froh, dass die Polizei überhaupt mal etwas Wichtiges herausfindet. Aber ich sage Ihnen: Sie sind auf dem Holzweg. Ich bin nicht dämlich. Mir ist durchaus klar, dass Nadja nicht als unbefleckte Jungfrau in die Ehe eintritt. Aber das ist mir egal. Wir leben in modernen Zeiten, auch wenn Sie mich für einen konservativen Knochen halten."

„Das haben Sie gesagt."

„Wie auch immer, dieser verdammte Wolter war Nadjas Schwachstelle. Jetzt, wo er tot ist, sind aus meiner Sicht alle Probleme gelöst. Da kann meinetwegen dieser Haffner, oder wie der heißt, noch frei herumlaufen. Er wird meiner Familie keine Schwierigkeiten machen."

„Das klingt ja beinahe so, als wäre Wolters Tod eine Entlastung für Sie."

„Können Sie nicht verstehen, dass ich dem Dreckskerl keine Träne nachweine?"

„Wir haben Sie noch gar nicht befragt, wo Sie gewesen sind, als Wolter erstochen wurde. Für mich hört es sich so an, als ob Sie ein überzeugendes Mordmotiv hätten. Ich spreche über Dienstagabend, über den Zeitraum zwischen 22 Uhr und Mitternacht."

„Erwarten Sie eine ernsthafte Antwort?", blaffte der Schraubenkönig. „Dann lassen Sie mich auf die Polizeistation vorladen, wenn ich wirklich unter Mordverdacht stehe. Zum Glück habe ich Dr. Tönnes an meiner Seite, den ich umgehend über Ihre neuesten Unverschämtheiten informieren werde. Jetzt können Sie Ihrer weiteren Polizeikarriere endgültig Adieu sagen!“

Mit diesen Worten ließ Degner senior Mona stehen und stapfte wütend zu seinem Auto.

Kapitel 12

Degners neuerliche Drohung hatte Mona nicht wirklich beeindrucken können. Sie vertraute darauf, dass sich das Netz um Nadja Brenner immer weiter zusammenziehen würde. Wenn erst die forensischen Beweise vorlagen, konnte das Lügengebilde der intriganten Braut endlich zerrissen werden. Während der nächsten zwei Stunden widmete sich Mona dem Sport. Sie lief bis zum Fähranleger hinunter, genoss den abendlichen Blick auf die Positionslaternen der vorbeifahrenden Schiffe und kehrte schließlich zu ihrer Wohnung zurück. Nach einer heißen Dusche und dem Abendessen schaute sie sich noch eine Comedyshow im Fernsehen an und legte sich müde und zufrieden ins Bett.

Plötzlich wachte Mona auf.

Etwas stimmte nicht, das spürte sie instinktiv. Die Digitalanzeige ihres Weckers zeigte 1:03 Uhr an.

Hatte sie schlecht geträumt? Mona wusste, dass ihr Schlaf nur leicht war. Daran hatten auch das körperliche Training und der lange Aufenthalt an der frischen Luft nichts ändern können. Sie lauschte, bis ihr Verdacht zur Gewissheit wurde. Sie war nicht mehr allein in ihrer Wohnung. Was sollte sie tun? Ihre Dienstwaffe befand sich vorschriftsmäßig eingeschlossen auf dem Revier. Sie hatte einen Abend zuvor noch ihre Pistole zum Joggen mitgenommen, darauf aber inzwischen verzichtet. Seit sie wusste, dass Haffner im Koma lag, waren Mona ihre Befürchtungen wie Hysterie vorgekommen. Und Degner senior hielt sie nicht ernsthaft für mordverdächtig, obwohl sie ihn am Vorabend provoziert hatte. Und es war auch wirklich nicht der Schraubenkönig, der in ihr Apartment eingedrungen war.

Denn im nächsten Moment flammte die Deckenlampe auf, und Mona erblickte Nadja Brenner.

Sie stand in der offenen Schlafzimmertür und schaute sich um, bis ihr spöttischer Blick an Mona hängenblieb.

„Genauso spießig habe ich mir Ihre Bude vorgestellt. Allerdings wundere ich mich, dass Ihre Bettwäsche nicht mit kleinen Entchen oder Donald-Duck-Motiven bedruckt ist."

Mona war im Handumdrehen auf hundertachtzig. Sie schwang die Beine aus dem Bett.

„Ihre dämlichen Sprüche können Sie sich sparen! Ich muss Sie wohl nicht fragen, wie Sie in meine Wohnung eindringen konnten. Haben Sie sich diese Fähigkeiten während Ihrer kriminellen Vergangenheit in Düsseldorf angeeignet?"

Nadja klatschte ironisch in die Hände.

„Ja, genau! Sie haben mich durchschaut, Frau Kommissarin. Ich bin ein Drogen-Luder mit dunkler Vergangenheit. Und so jemand wie ich hat nicht das Recht, einen Mann wie Thomas Degner zu heiraten, nicht wahr?"

„Meinetwegen können Sie ehelichen, wen Sie wollen. Aber wenn Sie Gesetze brechen, dann beginne ich mich für Sie zu interessieren."

Nadja ging nicht auf Monas Bemerkung ein. Stattdessen trat sie näher und musterte Mona von oben bis unten.

„Sie selbst sind nicht verheiratet, nicht wahr? Logisch, sonst würden Sie ja hier nicht allein im Bett liegen. Und einen Freund haben Sie auch nicht. Wie kommt es, dass mich das nicht wundert? Es gibt nur wenige Männer, die auf Kratzbürsten stehen. Vor allem, wenn sie auch noch so kurz geraten sind wie Sie."

Es gab nur einen Menschen auf der Welt, der ungestraft Scherze über Monas mangelnde Körpergröße machen durfte, und das war Enno.

„Lenken Sie nicht von sich selbst ab!“, zischte Mona. Sie hatte sich inzwischen auf die Bettkante gesetzt und schaute ihrer unerwünschten Besucherin direkt ins Gesicht. „Lassen Sie uns über den Mord an Ihrem Exfreund reden.“

„Was gibt es über Ben Wolter schon zu sagen?“ Nadja Brenner machte eine unbestimmte Handbewegung. „Er hatte eben einmal zu oft Pech im Leben.“

„Dann wissen Sie also nicht, wer ihn erstochen hat? Oder ob Sie es vielleicht selbst gewesen sind?“

Die Braut lachte, als ob Mona einen Scherz gemacht hätte. „Ich soll Ben umgebracht haben? Sie verfügen wirklich über eine blühende Fantasie, Frau Sander. Sie wollen mir wirklich Schwierigkeiten machen, nicht wahr?“

„Darauf können Sie wetten! Ich habe einen sechsten Sinn dafür, ob jemand Dreck am Stecken hat. Ich werde beweisen, dass Sie ein hinterhältiges Miststück sind.“

„Das sollten Sie besser sein lassen.“ Nadjas Stimme war nun gefährlich leise. „Es könnte sonst geschehen, dass Sie es bereuen.“

„Wollen Sie mir drohen?“

„Sie sind doch schon Halbwaise, Frau Sander. Glauben Sie mir, ich weiß, wie hart es ist, ohne Eltern aufzuwachsen. Es ist gewiss sehr traurig für Sie, dass Ihr Vater nicht mehr unter uns weilt. Wäre es nicht bedauerlich, wenn Sie auch noch Ihre Mutter verlieren würden?“

Monas Herz krampfte sich zusammen, während ihre Widersacherin diese Sätze lässig von sich gab. Natürlich wusste sie, dass es Kriminelle gab, die Familienangehörige von Polizisten bedrohten. Aber es war etwas ganz anderes, so etwas ins Gesicht gesagt zu bekommen.

Und woher konnte Nadja Brenner wissen, dass Monas Vater nicht mehr lebte? Das war kein Staatsgeheimnis. Wer ein wenig nachforschte, konnte diese Tatsache ebenso schnell herausbekommen wie den Namen und die Adresse von Monas Mutter, die auf dem Festland als Lehrerin arbeitete. Mona begriff, dass sie sich nicht einschüchtern lassen durfte. Sonst hatte sie nämlich jetzt schon verloren. Dennoch musste sie sich eingestehen, dass sie sich in diesem Moment vor Nadja fürchtete. Sie musste ihre ganze Kraft aufwenden, um sich das nicht anmerken zu lassen.

„Wollen Sie jetzt mit mir über meine Mutter reden? Sie sollten sich lieber Gedanken über Ihre eigene Zukunft machen. Sie können Ihrem zukünftigen Schwiegervater vielleicht vormachen, dass Sie sich tagelang ganz auf sich allein gestellt versteckt haben. Aber wir wissen von ihrer Liebesnacht mit Wolter und Haffner. Und das wird sich schon sehr bald beweisen lassen."

Monas Bemerkung war ein Schuss ins Blaue gewesen. Nadja zuckte kurz zusammen, dann hatte sie sich wieder in der Gewalt. Aber nun wusste Mona, dass ihr Verdacht zur Gewissheit werden würde.

„Sie kommen sich wohl sehr clever vor, Frau Kommissarin? Meinen Sie wirklich, der Schraubenkönig lässt sich von der schnöden Realität blenden? Er hat beschlossen, für seinen verzogenen Sprößling ein neues Spielzeug anzuschaffen. *C'est moi!*"

Nadja hob die Arme und drehte eine Pirouette wie eine Balletttänzerin. Aber Mona ließ sich nicht von ihrem Thema abbringen.

„Dann waren also Wolter und Haffner beide Ihre Liebhaber? Wie lange lief das schon zwischen Ihnen?"

„Nur kein Neid, Frau Sander. Ich hätte Ihnen gern einen der beiden Dummköpfe abgetreten, da Sie ja anscheinend überhaupt keinen haben."

Mona war kurz davor, die Beherrschung zu verlieren. Trotzdem wusste sie, dass sie sich von ihrer Gegnerin nicht provozieren und zu Gewalttätigkeiten hinreißen lassen durfte. Aber wenigstens wollte sie nicht mehr halbnackt vor

Nadja sitzen. Mona war nämlich nach wie vor nur mit einem Slip und einem kurzen Nachthemd bekleidet. Sie war schließlich im Schlaf überrascht worden. Also erhob sie sich von der Bettkante, um wenigstens eine Jogginghose anzuziehen. Die lag auf einem Stuhl, und Mona musste sich von Nadja abwenden, um zu dem Kleidungsstück zu greifen. Das tat sie nun, und im nächsten Moment wurde ihr bewusst, dass sie einen Fehler begangen hatte.

„Sie sollten sich wirklich nicht mehr in mein Leben einmischen. Sonst könnten Sie es noch bitter bereuen!“

Nadja rief Mona diesen Satz zu, während sie gleichzeitig nach dem Kerzenhalter auf dem Tisch griff. Mona bemerkte die Bewegung aus dem Augenwinkel. Sie wollte herumwirbeln, aber ihre Feindin war schneller. Ein gleißend heller Blitz schien durch Monas Schädel zu jagen, als der Metallgegenstand auf ihren Hinterkopf krachte. Dann wurde es um sie herum schwärzeste Nacht.

Kapitel 12

Mona hatte entsetzliches Schädelbrummen. Sie lag auf dem Teppich vor ihrem Bett. Das Deckenlicht brannte immer noch. Sie öffnete die Augen, ihr wurde sofort schwindlig. Als sie sich zum tiefen Durchatmen zwang, ging es sofort etwas besser. Ihr Magen rebellierte, aber sie konnte den Brechreiz erfolgreich niederkämpfen.

Was für ein Miststück!

Dieser Gedanke kam ihr sofort, als sie sich an die letzten Minuten vor ihrer Bewusstlosigkeit erinnerte. Mona war sauer auf sich selbst, weil sie sich von einer Kriminellen hatte niederschlagen lassen. Aber vor allem galt ihr Zorn natürlich Nadja. Was bildete diese falsche Schlange sich ein? Glaubte sie wirklich, eine Polizistin angreifen und eine Todesdrohung gegen Monas Mutter auszusprechen zu können, ohne dass es Konsequenzen für sie gäbe? Mona kam vorsichtig vom Boden hoch. Nun zog sie endlich ihre Jogginghose an, obwohl das nicht mehr notwendig war. Ihre ungebetene Besucherin war jedenfalls genauso unauffällig verschwunden, wie sie gekommen war.

Einen verrückten Moment lang zweifelte Mona sogar daran, dass Nadja wirklich bei ihr gewesen war. Aber die sich schnell entwickelnde Beule an ihrem Hinterkopf war der beste Beweis für den Schlag mit dem Kerzenhalter. Den konnte die Kommissarin momentan allerdings nicht finden, die Täterin musste ihn mitgenommen haben. Mona war nun fest davon überzeugt, dass Nadja einen schweren Fehler begangen hatte. Durch ihren Angriff gegen Mona hatte sie sich selbst ein Bein gestellt.

Ob Nadja ihren Exfreund wirklich auf dem Gewissen hatte? Ein Geständnis hatte Mona ihr nicht entlocken können. Die Verbrecherin hatte nur unmissverständlich klargemacht, dass sie nicht mehr von der Polizei behelligt werden wollte.

Aber bei Mona hatte sie genau das Gegenteil erreicht.

Sie schaute auf ihren Wecker. Es war 6:02 Uhr. Mona war einige Stunden lang bewusstlos gewesen. Ob Nadja Borkum inzwischen verlassen hatte? Nein, das war nicht möglich. Die erste Fähre hatte noch nicht abgelegt. Und selbst wenn - unter den jetzigen Umständen wäre es ein Kinderspiel, sie zur Fahndung auszuschreiben. Aber Mona wollte ihre Widersacherin am liebsten höchstpersönlich verhaften. Das würde ein ganz besonderes Vergnügen für sie sein. Ob sie ihren Chef aus dem Bett klingeln sollte? Nein, das war keine gute Idee. Sie beschloss, bis zum offiziellen Dienstbeginn zu warten.

Mona duschte, zog sich an und und frühstückte. Währenddessen hörte sie Radio. In der Nacht war ein Sturm aufgezogen. Es war unüberhörbar, wie der Starkwind um das Haus heulte. In den Nachrichten hieß es, dass momentan der Fährbetrieb sowie der Flugverkehr zu den Inseln eingestellt worden war. Das konnte Mona nur recht sein. Dann würde ihre Widersacherin auf gar keinen Fall entkommen können. Als sie ihr Apartment verließ, begegnete sie ihrer Vermieterin.

„Moin, Frau Sander. Ich hoffe, dass mir bei dem Sturm nicht wieder ein paar Dachziegel runterknallen."

„Moin, Frau Klasing. Ich drücke Ihnen die Daumen, dass das nicht passiert. Haben Sie eigentlich meinen Besuch gesehen?"

„Besuch?"

Das Interesse der älteren Dame war geweckt.

„Ja, ich hatte heute Nacht Besuch. Ich dachte mir, vielleicht hätten Sie jemanden bemerkt."

„Nee, das habe ich nicht." Die Vermieterin zwinkerte Mona zu. „Ist er denn nett, der junge Mann?"

„Ich muss los“, erwiderte Mona ausweichend. „Passen Sie gut auf Ihre Dachziegel auf, Frau Klasing.“

Mona war etwas enttäuscht, sie hätte eine Zeugin gut gebrauchen können. Aber Nadja saß so oder so in der Tinte, daran zweifelte sie nicht. Der Sturm toste draußen so stark, dass Mona lieber nicht mit dem Rad fuhr. Sie senkte den Kopf und stemmte sich den Böen entgegen, während sie Richtung Polizeiwache stapfte. Doch mit jedem Schritt, den sie zurücklegte, fühlte sie sich besser. Es war, als ob der Orkan die Schmerzen aus ihrem Kopf blasen würde. Mona konnte es kaum noch abwarten, von ihren nächtlichen Erlebnissen zu berichten. Sie grüßte die uniformierten Kollegen im Wachlokal und ging direkt zu ihrem Büro. Enno war bereits da.

„Moin, Mona. Die Untersuchungsergebnisse der Kriminaltechnik sind endlich eingetroffen. Du wirst kaum glauben, wem die Flecken auf dem Bettlaken im Oostendarp-Ferienhaus zuzuordnen sind.“

Mona blinzelte.

„Dafür muss man nicht Sherlock Holmes sein, Enno. Die Scheidenflüssigkeit gehört zu Nadja, während die Spermaflecke von Wolter und Haffner produziert wurden. Übrigens hat Nadja mir diese Tatsache höchstpersönlich gestanden, mehr oder weniger direkt.“

Enno fiel fast die Kinnlade herunter.

„Wie bitte?“

Mona ließ sich auf ihren Stuhl fallen und betastete vorsichtig ihren Hinterkopf.

„Du hast dich nicht verhört. Das verdammte Biest ist mir heute Nacht auf die Bude gerückt, wollte mich zum Aufgeben bewegen und hat mir schließlich meinen Kerzenhalter über den Schädel gezogen.“

„Bist du okay?“, fragte Enno besorgt. Mona winkte ab.

„Halb so wild, während meiner Zeit bei der Bereitschaftspolizei habe ich mehr einstecken müssen. Nadja glaubt anscheinend, dass ich die Einzige bin, die ihr am Zeug flicken will. Deshalb hat sie es auf mich abgesehen."

„Damit wird sie nicht durchkommen, Mona. Übrigens konnten die Kriminaltechniker auch das Passwort von Haffners Smartphone knacken. Er hatte die Nummer von Nadjas I-Phone auf Kurzwahl."

„Na also! Dann ist ja alles in bester Ordnung. Wir sollten gleich mit Oltbeck sprechen, damit er bei der Staatsanwaltschaft einen Haftbefehl beantragt. Wir können das Luder ja vorsichtshalber schon mal einbuchten, schließlich ist Gefahr im Verzug. Und dann ..."

„Sie werden niemanden einsperren, Frau Sander. Höchstens sich selbst."

Diese Sätze waren von Dr. Tönnes gekommen, der in diesem Moment gemeinsam mit dem Hauptkommissar und Arnold Degner den Raum betreten hatte. Mona hätte nicht sagen können, welcher von diesen drei Männern sie am finstersten anstarrte. Mona sprang von ihrem Stuhl auf.

„Was soll das? So können Sie nicht mit mir reden, Tönnes!"

Mona ließ extra den Doktortitel weg, um den Starjuristen noch mehr zu ärgern. Das war nicht sehr geschickt von ihr, aber sie war nach ihren nächtlichen Erlebnissen noch mehr auf Krawall gebürstet als sonst.

„Ich kann noch ganz andere Saiten aufziehen, Frau Sander. Ich werde dafür sorgen, dass Sie sich wegen gefährlicher Körperverletzung vor Gericht zu verantworten haben - und zwar völlig unabhängig von dem Disziplinarverfahren gegen Sie."

„Wovon reden Sie überhaupt?"

„Als meine Mandantin Nadja Brenner während der vorigen Nacht spazieren ging, wurde sie von Ihnen angegriffen. Sie haben ihr dabei eine Haarsträhne ausgerissen und sie wüst beschimpft.“

Mona fiel aus allen Wolken.

„Wie bitte? Nadja hat mich in meinem eigenen Schlafzimmer überfallen und ausgeknockt. Hier, sehen Sie sich die Beule doch selbst an!“

Sie beugte sich vor und schob ihre widerborstigen rotblonden Haare am Hinterkopf auseinander.

„Das beweist gar nichts“, behauptete der Anwalt. „Meine Mandantin hat sich in Notwehr verteidigt, das ist ihr gutes Recht.“

„Ich habe meine Hand garantiert nicht gegen dieses intrigante Biest erhoben“, wütete Mona. Dr. Tönnes lächelte kalt.

„Wirklich nicht, Frau Sander? Dabei gehört doch übertriebene Gewaltanwendung im Dienst zu Ihren Spezialitäten, nicht wahr? Oder trifft es nicht zu, dass Sie wegen eines solchen Delikts bereits einmal strafversetzt wurden?“

Mona schaffte es wie durch ein Wunder, nun ihren Mund zu halten. Sie hätte bei einem Rechtsverdreher wie Tönnes damit rechnen müssen, dass er die Sache mit dem verletzten Hooligan ausgraben würde. Es kam ihr so vor, als wäre sie plötzlich die Angeklagte. Und so war es ja im Grunde auch. Das wurde ihr klar, als nun ihr Vorgesetzter das Wort ergriff.

„Frau Sander, ich muss Sie bis zur endgültigen Klärung des Sachverhalts vom Dienst suspendieren. Geben Sie mir bitte Ihren Polizeiausweis. Ich nehme an, dass Ihre Waffe noch eingeschlossen ist?“

Mona nickte stumm. Sie fühlte sich, als ob Salzsäure aus ihrem Magen nach oben steigen würde. Sie wollte auf keinen Fall vor diesen Männern heulen.

„Sie haben wirklich Ihren Beruf verfehlt“, sagte der Schraubenkönig noch, bevor er in Begleitung des Anwalts und des Hauptkommissars wieder hinausging. Oltbeck hatte Monas Ausweis an sich genommen. Die Tür wurde geschlossen.

„Manchmal ist es doch gut, wenn man eine breite Schulter zum Ausheulen hat“, sagte Mona mit brüchiger Stimme. Und dann klammerte sie sich an Enno und ließ ihren Tränen freien Lauf.

Kapitel 13

Einige Stunden später saß Mona allein auf einer Bank an der Promenade. Sie hatte von dort aus einen Panoramablick auf die Musikkuppel und den breiten Strand vor ihr. Eigentlich war das hier einer ihrer Lieblingsplätze auf Borkum. Aber an diesem Tag konnte nichts ihre Stimmung aufheitern, obwohl es nicht mehr stürmte und ein sanfter Westwind nur helle Schleierwolken über den sonnigen Himmel schob. Immer wieder fragte Mona sich, was sie falsch gemacht hatte. Wahrscheinlich lag ihr Hauptfehler darin, dass sie diesem selbstherrlichen Schraubenkönig gegenüber von Anfang an nicht unterwürfig genug aufgetreten war. Sie hätte vor ihm katzbuckeln und sofort losflitzen sollen, um diese verflixte Nadja zu suchen. Dann würde Degner Mona nicht mit seinem Hass verfolgen. Möglicherweise.

Aber dafür hätte sie sich so sehr verbiegen müssen, dass ihr Rückgrat gebrochen wäre. Und sie war nicht sicher, ob sie das überhaupt wollte.

Eine wohlbekannte Gestalt näherte sich der Holzbank. Mona grinste. Auf Enno war Verlass, er stellte für sie einen Fels in der Brandung dar. Dank seiner tröstenden Worte hatte sie sich am Morgen nach ihrem Zusammenbruch schnell wieder beruhigt. Danach hatte sie hocherhobenen Hauptes die Polizeistation verlassen und sich dabei eingeredet, dass sie einen freien Tag hätte.

Aber so fühlte es sich nicht an. Sie kam sich eher vor wie eine Arbeitslose, die Zeit totschlagen muss. Enno setzte sich neben sie und nickte ihr freundlich zu. Er hatte sich während seiner Mittagspause mit ihr verabredet.

„Keine Brötchentüte, Enno? Isst du gar nichts?"

Der Oberkommissar schüttelte den Kopf.

„Mir ist der Appetit vergangen."

Mona atmete tief durch. Wenn ihrem Partner das Essen nicht mehr schmeckte, dann musste es wirklich ernst sein. Sie versuchte, ihre Gedanken zu ordnen.

„Wie ist es denn weitergelaufen nach meinem grandiosen Abgang? Hat sich der Rechtsverdreher noch mal dazu geäußert, wie er den flotten Dreier unserer unschuldigen Braut mit den beiden Finsterlingen erklärt?“

„Ganz einfach, Mona. Dr. Tönnes beruft sich auf ein psychiatrisches Gutachten, das über Nadja Brenner angefertigt wurde. Daraus geht hervor, dass sie unter zeitweiligem Realitätsverlust leidet, hervorgerufen durch ein Trauma. Dadurch wird natürlich auch ihre Lüge entschuldigt. Sie hat den Sex mit Wolter und Haffner verschwiegen, weil sie sich deswegen geschämt hat. Außerdem war sie angeblich Wolter immer noch hörig und hatte keinen freien Willen. Thomas Degner gibt an, ihr längst verziehen zu haben.“

„Der Trottel lässt sich aber auch alles gefallen“, zischte Mona. „Dann kann sich also Nadja von allen Vorwürfen freisprechen, weil sie einen Jagdschein hat? Sie kommt ungeschoren davon, während ich mit Schimpf und Schande davongejagt werde? Aber letztlich bin ich immer noch nicht sicher, ob sie wirklich ihren Exfreund ermordet hat. Sie ist eine Komplizin von Wolter und Haffner, das steht für mich zweifelsfrei fest. Aber genauso gut hätte auch der Junkie seinen Kumpan erstechen können, ehrlich gesagt.“

Enno antwortete nicht und blickte versonnen auf die Nordsee hinaus. Mona schaute ihn von der Seite an.

„Du verschweigst mir doch noch etwas, Partner!“

Enno atmete tief durch.

„Mona, dein holländischer Freund Jan hat auf der Dienststelle angerufen. Haffner ist heute früh gestorben, Herzversagen.“

Mona stützte ihren Kopf in die Hände. Sie wurde von einem tiefen Gefühl der Ausweglosigkeit erfüllt. Der Junkie war der einzige Zeuge gewesen, der gegen Nadja hätte aussagen können. Jetzt würde sie die Wahrheit vielleicht nie erfahren. Und die hinterhältige Braut konnte den Mord problemlos auf den toten Haffner abwälzen, falls er es nicht sowieso gewesen war. Mona konnte noch nicht einmal mehr weinen. Aber dann spürte sie Ennos warme Hand auf ihrer Schulter. Und tief in ihrem Inneren keimte ein verzweifelter Plan auf. Sie schaute ihrem Partner direkt ins Gesicht.

„Wer weiß bisher von Haffners Tod? Ich meine, hier auf Borkum?"

„Bisher nur ich. Der Holländer hat auf deinem Dienstapparat angerufen. Ich habe das Gespräch entgegengenommen, weil du ja nicht da warst. Oltbeck habe ich es noch nicht erzählt. Ich bin nicht gut auf ihn zu sprechen, weil er dir so in den Rücken gefallen ist."

„Dann belass es bitte dabei, Enno! Behalte diese Neuigkeit einstweilen für dich. Ich habe mir nämlich gerade etwas überlegt ..."

Und Mona schilderte dem Oberkommissar ihr Vorhaben. Enno wedelte mit der Hand, als ob er sich verbrannt hätte.

„Ja, das könnte klappen. Aber wenn der Plan misslingt, setzt du dich richtig in die Nesseln."

„Was soll daran schiefgehen, Enno? Falls Nadja wirklich unschuldig ist, wird gar nichts passieren. Dann haben wir endlich Gewissheit."

„Das stimmt allerdings. Aber dein Vorhaben könnte an deinem Temperament scheitern, Partnerin. Ich weiß nämlich nicht, ob du in der Lage dazu bist, überzeugend zu lügen."

„Ich auch nicht", gab Mona zu. „Aber ich habe nur diese eine Chance, um meine Laufbahn zu retten und den Mord aufzuklären."

Kapitel 14

Arnold Degner war der Besitzer eines der größten und schönsten Ferienhäuser auf Borkum.

Monas Knie fühlten sich weich wie Pudding an, während sie auf das Anwesen zuging. Ihre Schritte wurden immer langsamer, jedenfalls kam es ihr so vor. Vor dem Haus blühten Heckenrosen. Mona hätte am liebsten an jeder Blüte geschnuppert, um Zeit zu schinden. Aber das kam ihr lächerlich vor. Sie musste einfach nur die nächsten Minuten hinter sich bringen. Sie klingelte an der grün gestrichenen Haupttür, die außerdem noch mit einem bronzenen Türklopfer versehen war.

Jutta Degner öffnete.

Mona beglückwünschte sich selbst dazu, dass ausgerechnet die Ehefrau des Schraubenkönigs aufgemacht hatte. Jutta war Monas Meinung nach das schwächste Glied in der Kette. Ehemann oder Sohn dieser Frau hätten Mona gewiss kommentarlos die Tür vor der Nase zugeschlagen.

„Moin“, sagte Mona mit einem scheuen Lächeln auf den Lippen. „Ich hoffe, Ihre Familie ist daheim?“

Und bevor die völlig entgeisterte Jutta Degner etwas sagen konnte, drängte sich Mona an ihr vorbei ins Haus. Jetzt gab es kein Zurück mehr. Im Vorbeigehen registrierte sie die Gemälde, mit denen der Korridor geschmückt war. Es handelte sich um Seestücke, Segelschiffe in voller Fahrt oder Frauen in ostfriesischer Tracht, die sehnsuchtsvoll am Pier standen und ihren Männern nachwinkten. Mona zweifelte nicht daran, dass es ausnahmslos teure Originale waren.

Degner senior quollen beinahe die Augen aus dem Kopf, als Mona plötzlich in seinem gediegen eingerichteten Wohnsalon stand. Er saß in einem Sessel, Thomas Degner und Nadja Brenner hatten auf einem Sofa Platz genommen und hielten Händchen. Sie schauten Mona ebenfalls entgeistert an.

„Frau Sander!" Der Schraubenkönig sprach ihren Namen wie einen Fluch aus. „Sie haben wirklich Nerven, hier aufzukreuzen!"

„Ich will Sie nicht lange stören", begann Mona mit brüchiger Stimme. „Und ich bin eigentlich nur gekommen, um mich persönlich bei Ihnen und Ihrer zukünftigen Schwiegertochter zu entschuldigen. Ich habe mich unmöglich benommen."

Mona war über sich selbst erstaunt, weil sie diese Worte so problemlos über die Lippen brachte. Ja, sie war sportlich. Aber sie hätte es nie für möglich gehalten, dass sie über einen Schatten springen könnte, der so groß war.

Immerhin war es ihr gelungen, Degner senior den Wind aus den Segeln zu nehmen, wenn auch nur für einen Moment.

„Wenn Sie glauben, dass wir die Anklage gegen Sie zurücknehmen, dann irren Sie sich gewaltig."

„Das verlange ich auch gar nicht, Herr Degner", sagte Mona schnell. „Ich nehme jede Strafe an, zu der ich verurteilt werde. Darum geht es nicht. Ich war wirklich der Meinung, dass Nadja Brenner ihren Exfreund ermordet hätte. Und das denke ich nun nicht mehr, Frau Brenner." Mona wandte sich an ihre Erzfeindin. „Ich weiß, dass Sie unschuldig sind."

Nadja blickte Mona ins Gesicht. Sie hoffte nur, dass die Verbrecherin ihre List nicht durchschauen würde. Sie hatte ja mehrfach bewiesen, was für ein ausgekochtes Biest sie war.

„So, Frau Sander?" Nadjas Stimme klang skeptisch. „Und wie kommen Sie zu diesem Sinneswandel?"

„Der wahre Mörder wurde von den holländischen Kollegen aufgegriffen, sein Name ist Daniel Haffner. Aber Sie kennen ihn ja, Frau Brenner. Ich vermute, dass er Sie eingeschüchtert hat und Sie uns deshalb zuvor nichts über ihn erzählt hatten. Es spielt auch keine Rolle mehr, denn er befindet sich im Krankenhaus von Delfzijl. Dort war er mit einer Überdosis Drogen eingeliefert worden. Die Ärzte haben mitgeteilt, dass er heute aus dem Koma aufgewacht ist. Schon morgen Vormittag wird er vernehmungsfähig sein. Ich bin ja aus dem Fall raus, wie Sie wissen. Aber mein Kollege Enno Moll wird im Lauf des morgigen Tages hinüber nach Eemshaven fahren. Und ich bin sicher, dass er mit einem kompletten Geständnis des Mörders zurückkehren wird."

Nadja nickte langsam. War die Verbrecherin bleich geworden oder bildete sich Mona das nur ein? Wurde sie von Wunschdenken geleitet?

Nun ergriff Arnold Degner wieder das Wort.

„Ihre Reue ehrt Sie, Frau Sander. An dem Verfahren gegen Sie wird sich dadurch allerdings nichts ändern. Ich bin mir sicher, dass Sie in einem anderen Beruf besser aufgehoben sind."

„Ja, das glaube ich auch", erwiderte Mona gegen ihre innerste Überzeugung. „Nun will ich Sie nicht länger stören. Leben Sie wohl."

Sie ging hinaus, ohne sich noch einmal umzuschauen. Mona eilte zum Flugplatz, wo die Propellermaschine bereits auf sie wartete.

Wenn sie mit ihrem Plan scheiterte, brauchte sie sich nie wieder auf Borkum blicken zu lassen.

Kapitel 15

Mona saß in der Dunkelheit. Das Patientenzimmer auf der Intensivstation des *Delfzicht Ziekenhuis* wurde nur durch die Kontrollleuchten der lebenserhaltenden Maschinen ein wenig erhellt. Dadurch entstand ein schummriges Licht, das aber nicht bis in Monas Ecke vordrang. Sie hockte auf einem Plastikstuhl und lauschte. Etwas anderes konnte sie momentan sowieso nicht tun. Den Klingelton ihres Smartphones hatte sie ausgeschaltet, ansonsten ertönten in dem Raum nur das monotone Summen der Apparaturen und das rhythmische Piepen des EEGs, mit dem die Hirnströme gemessen wurden.

Mona hatte jedes Zeitgefühl verloren. Dabei hätte sie nur auf die Uhr ihres Telefons schauen müssen, um zu wissen, wie spät es war. Aber das wollte sie nicht alle paar Minuten tun. Wieder einmal fragte sie sich, ob sie sich auf ihr Urteilsvermögen überhaupt noch verlassen konnte. Sicher, Nadja Brenner war eine üble Person. Mit solchen Frauen hatte Mona während ihrer bisherigen Karriere schon oft genug zu tun gehabt. Diese Täterinnen kannten keinen Respekt vor dem Gesetz und der Uniform, sie logen und betrogen, um sich einen Vorteil zu verschaffen. Und sie waren bereit, ihre eigenen Komplizen eiskalt zu verraten, wenn sie sich dadurch aus der Affäre ziehen konnten.

Nun, Mona hatte auch die Unwahrheit sagen müssen, um das hier zu inszenieren. Aber es gab einen gewaltigen Unterschied.

Sie hatte Freunde, die zu ihr standen und sogar ihre eigene Karriere aufs Spiel setzten, um ihr zu helfen. Ohne Enno und Jan hätte Mona ihr Vorhaben niemals in die Tat umsetzen können. Da machte sie sich keine Illusionen. Und eine Frau wie Nadja Brenner konnte so viel intrigieren wie sie wollte

- wahre Freunde würde sie niemals finden. Und darauf kam es an im Leben, jedenfalls nach Monas Ansicht.

Noch wurde sie nicht müde, obwohl es schon nach Mitternacht war. Sie hatte sich mit dem starken holländischen Kaffee ausreichend gedopt. Doch noch viel mehr als das Koffein hielt sie ihre Anspannung innerlich auf Trab. Weiter entfernt waren leise Geräusche auf den Fluren zu hören. Von draußen drang Motorengeräusch herein, das durch die Isolierglasfenster stark gedämpft wurde.

Plötzlich öffnete sich die Tür.

Ein Lichtbalken drang ins Innere des Zimmers. Gleich darauf wurde die Tür lautlos wieder geschlossen. Eine weißgekleidete Gestalt trat auf das einzige Patientenbett im Zimmer zu. Trotz der schlechten Beleuchtung konnte Mona sehen, dass die Person ein Kissen in der einen Hand hielt. Sie beugte sich nun über das Bett, wollte offenbar das Kissen auf das Gesicht des Kranken pressen.

Da schaltete Mona das Licht ein.

Nadja stieß einen Überraschungsschrei aus. Sie trug einen Krankenschwesternkittel. Ihr Blick raste zwischen Mona und dem Mann im Bett hin und her. Der lag vollständig bekleidet unter der Bettdecke, die er nun zurückschlug. Zu ihrem Entsetzen musste sie feststellen, dass sie nicht Haffner vor sich hatte.

„Mein Name ist Brigadier Jan Bakker“, sagte er auf Deutsch. „Und ich nehme Sie wegen versuchten Mordes fest.“

Er packte Nadja am Handgelenk. Die Verbrecherin zog ein Skalpell aus der Kitteltasche und stach es in seinen Unterarm. Jan schrie auf und ließ sie wieder los. In diesem Moment war Mona schon gestartet. Aber Nadja wirbelte blitzschnell herum, das rasiermesserscharfe medizinische Instrument war auf Monas Gesicht gerichtet. Das Gesicht der Verbrecherin war vor Wut und Hass verzerrt, sie sah nun nicht mehr so attraktiv aus.

„Keinen Schritt weiter, Frau Kommissarin! Oder ich steche Sie ab!“

„Sie kommen hier nicht raus“, sagte Mona mit erzwungener Ruhe. „Der Brigadier hat Kollegen im Hospital postiert, die Ausgänge sind besetzt.“

„Das werden wir ja sehen!“

Nadja ging rückwärts und bedrohte Mona weiterhin. Dann riss sie die Tür zum Flur auf und rannte nach draußen. Mona warf Jan einen besorgten Blick zu. Er war aus dem Bett geklettert, stillte mit einem Tuch die Blutung an seinem Arm und klemmte sich ein Hand-Funkgerät zwischen Ohr und Schulter.

„Ich bin okay, Mona. Schnapp dir das Biest!“

Es gab nichts, was sie lieber getan hätte. Mona stürzte ebenfalls auf den Korridor hinaus. Er war sehr lang und gerade, und führte zum Ausgang der Intensivstation. Von dort aus waren es nur noch wenige Meter bis zur Eingangshalle der Klinik. In diese Richtung lief Nadja. Da kam plötzlich eine echte Krankenschwester aus einem der Räume. Die Verbrecherin bewegte sich direkt auf sie zu. Monas Gedanken rasten. Wenn sie diese Frau als Geisel nahm, konnte die Situation endgültig aus dem Ruder laufen. Was sollte sie tun? Ihre Dienstwaffe hatte sie nicht mehr - abgesehen davon, dass sie hier im Ausland nicht einfach mit einer Pistole herumfuchteln durfte.

„Politie! Handen omhoog!“, rief Mona mit gellender Stimme. Immerhin war sie geistesgegenwärtig genug, die holländische Sprache zu benutzen. Die echte Krankenschwester reagierte zum Glück prompt und kehrte in das Zimmer zurück, bevor Nadja sie erreichte. Vielleicht hatte sie auch das blutige Skalpell in ihrer Hand gesehen.

Nadja zerrte von außen an der Türklinke. Sie hatte offenbar wirklich vor, eine Geisel zu nehmen.

Aber dadurch verlor sie kostbare Zeit. Mona setzte alles auf eine Karte, sprintete los und sprang die Verbrecherin an. Nadja wurde durch die Wucht der Attacke von den Beinen gerissen. Mona entwand ihr das Skalpell und beförderte es mit einem Fußtritt zur Seite. Die Kriminelle zappelte und wollte sich befreien, aber Mona war stärker als sie. Vielleicht hatte sie auch einfach mehr Wut im Bauch. Auf jeden Fall konnte sie Nadjas Arme auf den Rücken drehen und die Verdächtige fixieren, bis Jan sowie einige holländische Kollegen herbeigeeilt kamen und der Verbrecherin Handschellen anlegten.

Mona machte die Augen zu und genoss das Geräusch des einrastenden Metalls der Stahlfesseln um Nadjas Gelenke. Es war einfach nur schön.

Kapitel 16

Der nächste Tag begann für Mona mit einem überraschenden Anruf. Nachdem Nadja im holländischen Polizeigewahrsam gelandet war, hatte Mona noch lange mit Jan zusammengesessen. Die Fleischwunde, die ihm die Verbrecherin zugefügt hatte, war zum Glück nicht lebensbedrohlich gewesen. Jedenfalls fühlte er sich fit genug, um ein wenig mit Mona zu knutschen. Und das hatte ihr gut gefallen, es war ein perfekter Abschluss der Nacht gewesen. Dennoch war sie mit der ersten Fähre nach Borkum zurückgekehrt, um den vermissten Schlaf nachzuholen. Daher musste sie ziemlich verpennt geklungen haben, als sie sich nun am Telefon meldete.

„Hallo?“

„Hier spricht Hauptkommissar Oltbeck, Frau Sander.“

„Herr ... Hauptkommissar?!“

Mona räusperte sich und richtete sich unwillkürlich im Bett auf, was ihr Vorgesetzter am anderen Ende der Leitung natürlich nicht sehen konnte.

„Ich hoffe, dass ich Sie nicht gestört habe. Man hat mich gerade aus Delfzijl angerufen ...“

„Oh ...“

Mona machte sich auf ein neues Donnerwetter gefasst, weil sie eigenmächtig die Verhaftung von Nadja eingefädelt hatte. Aber stattdessen verblüffte ihr Chef sie vollständig.

„Ja, der Mordfall Wolter hat offenbar schon wieder eine unerwartete Wendung genommen. Ich wollte Sie fragen, wann Sie zum Dienst kommen können.“

„Zum Dienst? Ich dachte, ich sei suspendiert.“

„Das war alles ein riesiges Missverständnis. Es wird Sie übrigens interessieren, dass Dr. Tönnes nach den neuesten Entwicklungen das Mandat von Frau Brenner niedergelegt hat. Sie kann auch nicht mehr auf Rückendeckung durch Arnold Degner hoffen."

„Er will also keine Mörderin als Schwiegertochter haben?" Diese Frage konnte sich Mona nicht verkneifen. Der Hauptkommissar seufzte.

„Ja, es spricht alles dafür, dass Nadja Brenner die Täterin ist - insbesondere nach dem missglückten Mordversuch in der gestrigen Nacht. Deshalb dachte ich mir, dass Sie gerne gemeinsam mit Herrn Moll das Verhör führen wollen."

„Selbstverständlich, Herr Hauptkommissar", sagte Mona brav. „Dann wird also die Verdächtige an uns ausgeliefert?"

„Ja, denn die Vorkommnisse in Delfzijl waren ja letztlich nur eine Folge der Ereignisse auf Borkum. Frau Brenner trifft in Polizeibegleitung mit der nächsten Fähre hier ein."

Mona versprach, baldmöglichst zur Polizeistation zu kommen und beendete dann das Gespräch. Sie hatte schon von den holländischen Kollegen erfahren, dass Nadja während der vergangenen Nacht nicht unter Drogeneinfluss gestanden hatte. Mona bezweifelte auch, dass die Verbrecherin unter psychischen Störungen litt. Das Gutachten, mit dem Nadja ein Trauma bescheinigt worden war, basierte nach Monas Ansicht hauptsächlich auf dem Scheckbuch des Schraubenkönigs. Nun, da er sein Geld und seinen Einfluss nicht mehr für Nadja ins Feld führte, würde sie die ganze Härte des Gesetzes treffen.

Auch von der Anklage gegen Mona wegen Körperverletzung war plötzlich keine Rede mehr. Ob Arnold Degner ahnte, dass seine Schwiegertochter in spe nur eine riesige Show abgezogen hatte? Mona wollte diese Dinge nicht hinterfragen. Für sie zählte letztlich nur, dass sie wieder ihrer Arbeit nachgehen konnte.

Als sie auf der Dienststelle eintraf, wurde sie schon von Enno erwartet. Ihr Partner zwinkerte ihr freundlich zu.

„Ich habe schon gehört, dass dein Plan in Delfzijl wie am Schnürchen geklappt hat."

„Ja, das Miststück hat allerdings Jan verletzt. Aber seine Verwundung ist nicht schwer."

„Da bin ich ja beruhigt."

Sie gingen in den Verhörraum, wohin Nadja bereits gebracht worden war. Die Verbrecherin empfing die beiden Kriminalisten mit einem bösen kleinen Lächeln. Mona und Enno setzten sich ihr gegenüber hin.

„Jetzt triumphieren Sie wohl, Frau Sander?", fragte die Mordverdächtige gehässig. „Ein kleiner Sieg in Ihrem kleinen Leben."

„Sie haben jetzt keinen Rechtsbeistand mehr", gab Mona genüsslich zurück. „Wenn Sie es wünschen, werden wir für einen Pflichtverteidiger sorgen."

Nadja machte eine ungeduldige Handbewegung.

„Den brauche ich nicht, ich kann für mich selbst sprechen."

„Wie Sie meinen."

Mona belehrte sie über ihre Rechte und wies darauf hin, dass das Verhör auf Tonband aufgezeichnet werden würde. Nadja nickte.

„Das habe ich kapiert, ich werde ja nicht zum ersten Mal von Bullen ausgequetscht."

„Sie sagen es, Frau Brenner. Am besten beginnen Sie damit, wie es zu der geplanten Hochzeit mit Thomas Degner kam."

Nadja grinste frech, offensichtlich machte es ihr Spaß und sie war stolz, erzählen zu können, wie clever ihr Plan gewesen war.

„Ich lernte den Typen auf einer Party kennen und roch sofort Lunte. Das war für mich eine einmalige Gelegenheit, um an richtig viel Geld zu kommen. Die Idee war, meine Entführung zu inszenieren und dem Schraubenkönig danach ein hübsches Sümmchen aus dem Kreuz zu leiern."

„Aber wenn Sie Thomas Degner ganz offiziell geheiratet hätten, wären Sie doch völlig legal an das Vermögen der Familie gekommen. Oder hätten zumindest teilweise darauf zugreifen können."

„Ja, aber dafür hätte ich an der Seite dieses Weicheis und Schwächlings leben müssen. Der ist nicht meine Kragenweite, Frau Kommissarin. Vielleicht ist das ja jetzt Ihre Chance, in diesen Spießerclan einzuheiraten?"

Diese Bemerkung fand Mona so deplatziert, dass sie nicht darauf einging. Stattdessen fragte sie: „Und weshalb haben Sie eine Brautjungfer bezahlt?"

„Weil meine eigenen Freundinnen nicht vorzeigbar waren. Die haben nämlich alle schon mal gesessen und sind in Sachen Drogen unterwegs. Ich habe natürlich rausgekriegt, dass der alte Degner mir einen Schnüffler auf den Hals gehetzt hat. Zum Glück war der Knabe nicht so gewieft. Er hat nicht gemerkt, dass ich immer noch mit Ben Wolter zusammen war. Aber wir mussten natürlich vorsichtig sein."

„Und welche Rolle spielte Haffner bei Ihrem Vorhaben?"

Nadja rollte mit den Augen.

„Eigentlich gar keine, wenn es nach mir gegangen wäre. Der Typ hat für meinen Geschmack zu viele Drogen eingeworfen, dadurch wurde er zum Wackelkandidaten. Auf so jemanden kann man sich nicht verlassen. Aber Ben hat ihn angeschleppt, weil er meinte, wir sollten das Ding unbedingt zu dritt drehen. Na ja, und ich muss zugeben, dass er nicht schlecht im Bett war. Fast so gut wie Ben."

Die Verbrecherin grinste Mona und Enno provozierend an, aber sie zeigten sich unbeeindruckt.

„Kommen wir zu dem Tag zurück, als Sie verschwunden sind."

„Meinetwegen, Frau Kommissarin. Wir hielten es für eine gute Idee, unmittelbar vor der Trauung zu verschwinden, wobei ich mein Brautkleid schon anzog. Ben kam durch die

Terrassentür herein und half mir beim Ankleiden. Dann hauten wir ab, aber ich kriegte plötzlich Nasenbluten."

„So ein Pech."

„Sie sagen es. Das Kleid mit dem großen roten Fleck war natürlich ziemlich auffällig. Ben meinte, es würde noch dramatischer wirken, wenn das Kleid später gefunden würde. Da hatte er natürlich Recht. Also ließen wir es an diesem Seeufer zurück. Wir hauten durch die Dünen ab und fuhren mit einem Ruderboot aufs offene Meer hinaus. Dann umkurvten wir die halbe Insel und ich versteckte mich in dem Ferienhaus, in dem ich angeblich allein ausgeharrt habe. Aber später ging ich dann zu Ben und seinem Freund, wo ich ..."

„ ... mit den beiden Kerlen vögelte", ergänzte Mona. „Sehr schön. Und wann genau entschlossen Sie sich, Wolter umzubringen?"

„Daran sind eigentlich Sie schuld, Frau Sander, jedenfalls indirekt", behauptete die Mörderin. Mona hob ihre Augenbrauen.

„Wie meinen Sie das?"

„Als Sie und Ihr Kollege Ben Wolter auf die Bude gerückt sind, waren der Junkie und ich im Schlafzimmer. Wir haben keinen Mucks getan. Aber durch die geschlossene Tür konnte ich hören, wie Sie mit Ben umgesprungen sind. Er wird fuchsteufelswild, wenn Frauen so mit ihm reden."

„Das habe ich gemerkt."

„Leider war ich später an dem Tag ziemlich zugedröhnt. Sonst hätte ich vielleicht verhindern können, dass Ben Ihnen auflauert, um Ihnen 'Benehmen beizubringen', wie er es nannte. Böser Fehler! Ich empfinde bestimmt keine Sympathie für Sie, Frau Kommissarin. Aber ich hatte schon oft genug Ärger mit dem Gesetz. Ich weiß, dass es keine gute Idee ist, eine Polizistin anzugreifen."

„Ihr Freund Ben wusste das offensichtlich nicht."

„Ja, und als ich es herausbekam, wurde ich ebenfalls sauer. Ich machte ihm klar, dass seine Kurzschlussreaktion unseren ganzen schönen Plan kaputtmachen konnte. Wir gerieten in Streit, da war plötzlich ein Messer - und ich habe ihn umgebracht."

Nadja ließ den Kopf hängen. Mona fragte sich, ob sie Ben Wolter wirklich geliebt hatte oder nur wegen ihres eigenen Schicksals traurig war. Dann führte sie sich vor Augen, dass die Mörderin sehr überlegt und planvoll vorgegangen war.

„Und wie war Ihr Verhältnis zu Haffner?"

„Außer Sex gab es nicht viel, was man mit ihm anstellen konnte. Haffner war mir zu unzuverlässig. Als ich Ben erstochen hatte, stand er wie ein Ölgötze daneben. Er hätte wenigstens versuchen können, mich daran zu hindern, oder? Da wurde mir klar, dass ich mit diesem Typen auch keinen Blumentopf gewinnen konnte. Also sagte ich ihm, er solle nach Eemshaven fahren, ich würde später nachkommen. Haffner hinterfragte das nicht, er war nicht besonders intelligent. Vielleicht haben die Drogen auch einfach nur zu viele von seinen Gehirnzellen vernichtet, keine Ahnung. Ich jubelte ihm ein paar zusätzliche Spaßpillen unter, in der Hoffnung, dass ihn die Drogen auslöschen oder sein Hirn grillen würden. Immerhin war er ja ein Tatzeuge, nicht wahr?"

„Allerdings. Wenn wir wirklich Haffner für den Mörder gehalten hätten, dann wären Sie aus dem Schneider gewesen."

„Was ist jetzt eigentlich mit ihm? Hat er Ihnen alles erzählt, was er wusste?"

„Haffner starb schon, bevor Sie in Holland eintrafen", sagte Mona. „Ich habe Sie dorthin locken wollen, und das hat ja auch geklappt."

Nadja warf ihr einen hasserfüllten Blick zu.

„Ich hätte Sie töten sollen, als ich in Ihrer Wohnung die Gelegenheit dazu hatte. Wenn ich nicht in dem Krankenhaus aufgetaucht wäre, hätten Sie mir nie etwas beweisen können."

„Hinterher ist man bekanntlich immer schlauer", sagte Mona. Das Verhör war beendet.

Nadja wurde zurück in ihre Arrestzelle geschafft. Sie sollte bei nächster Gelegenheit aufs Festland gebracht werden, wo sie ihrem Haftprüfungstermin entgegensehen konnte. Mona war sicher, dass der Richter sie nicht auf freien Fuß setzen würde.

Mona und ihr Partner schauten einander an.

„Und nun, Enno?"

„Nun würde ich gern mit dir ein großes Stück Ostfriesentorte verputzen."

„Du hast wieder Appetit, das ist ein gutes Zeichen", erwiderte Mona lächelnd.

Ostfrieslandkrimi Empfehlungen des Klarant Verlages

„Friesenflirt“ von Sina Jorritsma
Taschenbuch ISBN: 978-3-95573-542-5
eBook ISBN: 978-3-95573-541-8

Ein rätselhafter Todesfall erschüttert die ostfriesische Insel Borkum. Im Hotel Teutonia wird eine junge Frau erhängt aufgefunden. Zunächst spricht einiges für einen Selbstmord, doch bei der Obduktion werden Spermaspuren von zwei Männern an der Toten entdeckt. Ist ihr ein scheinbar harmloser Flirt zum Verhängnis geworden?
Die Inselkommissare Mona Sander und Enno Moll ermitteln und finden heraus, dass die attraktive Blondine als Treutesterin gearbeitet hat. In Verdacht: Markus Winter, der dubiose Chef der Treuetest-Agentur. Er war zur Tatzeit auch auf Borkum und verstrickt sich immer mehr in Widersprüche... Andere Hinweise deuten auf ein mysteriöses Doppelleben der Toten. Kommissarin Mona Sander lässt nicht locker und kommt dem Täter dabei gefährlich nah ...

Leserstimmen zu „Friesenflirt“
„Das tolle an diesem Krimi ist... Das selbst ich nicht wusste, wie es endet. Oft genug dachte ich “Okay, jetzt weiß ich es” und dann wusste ich doch wieder nichts. Es herrscht eine tolle Spannung und die Autorin hat ein paar tolle Wendungen eingebaut. So macht lesen Spaß, vor allem wenn es ein Krimi ist.“

„Ein rundum gelungener Ostfrieslandkrimi. Absolute Leseempfehlung!“

„Mord in Greetsiel“ von Susanne Ptak
Taschenbuch ISBN: 978-3-95573-272-1
eBook ISBN: 978-3-95573-271-4

In Greetsiel geschieht ein Mord nach dem anderen: Erst eine Journalistin, die einer heißen Story auf der Spur war, dann mehrere Pharmavertreter, denen nach dem Mord brutal die Pulsadern aufgeschnitten werden. Treibt ein kranker Serienmörder sein Unwesen in Ostfriesland? Die zuständigen Kriminalbeamten geraten bei den Ermittlungen an ihre Grenzen, doch dann stößt eine Rechtsmedizinerin mit ihren unorthodoxen Ermittlungsmethoden auf den Fall und ermittelt auf eigene Faust. Natürlich missfällt dies dem Mörder - so sehr sogar, dass die tödliche Gefahr nun auch auf die Ermittlerin lauert…

Leserstimmen zu „Mord in Greetsiel“
„Der Ostfriesenkrimi ist spannend von Anfang bis Ende! Einmal angefangen konnte ich es nicht mehr aus der Hand legen. Toller Lokalkolorit der Ostfriesen, mit Witz, Spannung und Mord. Die Autorin hat einen schnellen Spannungsbogen aufgebaut, der das Buch so lesenswert macht. Eigenwillige Ermittlerin, eigenwillig gut. Fesselnd geschrieben!“

„Ein lockerer Ostfrieslandkrimi für zwischendurch. Er überzeugt sowohl durch Charme als auch durch Spannung. Eine klare Leseempfehlung!

„Ein wirklich wieder sehr gelungener Krimi aus der Feder dieser Autorin!“

„Mord in Wiesmoor“ von Susanne Ptak
Taschenbuch ISBN: 978-3-95573-336-0
eBook ISBN: 978-3-95573-337-7

In Wiesmoor wird die Mutter eines Landwirts tot aufgefunden erstickt, mitten auf dem Hof. Zufällig sind Josefine und Jessica gerade vor Ort, denn auf dem Bauernhof in Ostfriesland wollten die beiden ein gemütliches Strickwochenende verbringen. Jetzt, wo es eine Leiche gibt, ermittelt Josefine, die Rechtsmedizinerin im Ruhestand, kräftig mit. Mit ihren unorthodoxen Ermittlungsmethoden findet sie schnell heraus: Die Ermordete hatte sich im Leben nicht viele Freunde gemacht. Steckt die Leiterin des auf dem Hof stattfindenden Strickkurses Maria Fokken dahinter? Sie und die Tote hatten eine unschöne gemeinsame Vergangenheit ... Oder hat ihre Schwiegertochter Tomke die endlosen Beleidigungen einfach nicht mehr ertragen? Seit der Tat ist auch Tomkes Bruder verschwunden, auf der Suche nach ihm taucht eine weitere Leiche auf, und ausgerechnet Jessica gerät in tödliche Gefahr...

Leserstimmen zu „Mord in Wiesmoor“
"Top Spannung und Unterhaltung, von mir gibt es dafür 5 Sterne!"

"Toll geschrieben, viel ostfriesische Mentalität, die Reihe könnte mir ans Herz wachsen. Daumen hoch!"

"Susanne Ptak hat eine so fesselnde Art zu schreiben, dass man um sich herum alles vergisst. Ich liebe diese Bücher und hoffe auf viele Fortsetzungen.......und ich fühle mich meinem geliebten Ostfriesland beim Lesen so nahe!"

Klarant Verlag

Lernen Sie die Ostfrieslandkrimi-Titel des Klarant Verlages kennen und besuchen Sie uns im Internet unter:

www.ostfrieslandkrimi.de

und

www.klarant.de

Sie können dort Näheres über unsere Autoren erfahren, viele weitere interessante Bücher und eBooks finden und Leseproben herunterladen. Mit dem kostenlosen Newsletter auf

www.ostfrieslandkrimi-lesen.de

erhalten Sie aktuelle Informationen rund um das Verlagsprogramm, wie beispielsweise spannende Neuerscheinungen und Gewinnspiele.